およばずながら

俳句と
俳人と
編集者

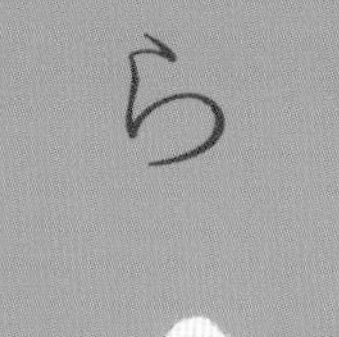

石井隆司

KADOKAWA

およばずながら　俳句と俳人と編集者

「山と山とが出会うことはない。出会いがあるのは人間だけだ」

――西江雅之『花のある遠景　東アフリカにて』

はじめに

無駄なことは、何ひとつなかったのだと思う。

だれしもそうだと思うが、ある年齢に達すると、父母のことやふるさとの風景をふっと思い出すときがある。それは苦い思いを伴うときもあるが、概ね優しく、あたたかい。

私のふるさとは、神奈川県の最北西部。現在は相模原市に編入されたが、旧住所は津久井郡藤野町吉野。旧甲州街道の吉野宿という宿場町である。

少年時代には、まだ街道の名残があり、街道筋の中央には本陣が偉容を誇り、同級生のいた「塩屋」という家は文字通り「塩」を扱う商家であった。

実家の向かいには「吉田屋」という旅館があり、小学生の私は学校帰りにほぼ毎日この旅館に上がり込み、一つ年上のS君と将棋やべーゴマに興じていた。富山の薬売りが長逗《とう》留《りゅう》していると、景品の紙風船で遊んでもらったりした。

実家の南側は、相模川を堰《せ》き止めて作られた相模湖の湖面が眼前まで迫り、晴れた日にはキラキラと輝いて、子供心にも美しいと思った。

窓から遠くに三つの小山が見え、中腹の社までつづく道を歩く人の姿が小さく見えた。「真ん中の山が霞《かす》んで見えなくなると、やがて雨になるよ」と母が教えてくれた。

裏の狭い庭には、欅《けやき》の大木が聳《そび》え、父の手作りの巣箱がかけられていた。ほかに小さな竹林、南天、梅や柿や栗・無花果《いちじく》など実のなる木が植えられていた。「青梅」「竹皮を脱ぐ」という季語を知るのは、ずっと後のことである。私は無為徒食の生活のなか、鳥の声を聞きながら、四季の移り変わりを当たり前のように無意識に眺めていた。

家の周辺には桑畑が広がり、隣家ではまだ蚕を飼育していた。繁忙期には隣家に手伝いに行かされ、二階の蚕部屋にいるたくさんの蚕に、桑の葉を夜通しで与えた。数匹いただいて家で育てたこともあり、蚕が繭をつくる神秘的な数時間は、いまでも鮮明に覚えている。

隣町の与瀬《よせ》（相模湖町、現相模原市）には、バスで十分くらい。この駅から高尾や八王子に買物にでかけた。この与瀬は、俳人の高浜虚子《きょし》が武蔵野探勝で訪れたところだと、後年知ることになる。また、もうひとつの隣町である山梨県上野原町（現上野原市）は、母の生まれ在所で、母方の叔父とはいまでも付き合いが続いている。俳人の飯島晴子さんが吟行に通いつめた場所がこの上野原であり、角川書店の編集者である鈴木豊一《とよかず》さんの生地であることを知るのも、ずっと後のことになる。

私は、ふるさとが少し嫌いだった。湖に舞い散る桜の花、緑濃きまぶしい若葉、秋風のなかの柿もぎ、寒風と対峙する白菜漬け。そんな田舎の風物が耐えられなかった。三十代でふるさとを離れたとき、これで人並みになれるかもしれないと安堵した。しかし数年後には、ふるさとが恋しくなるのである。

いまはもう父母は亡くなり、ふるさとの風景も様変わりした。実家も数年前に解体し、それ以来帰ることはない（実家が無くなるというのはそういうことだ）。

ふるさとは私に、有形無形のさまざまな恩恵を与えてくれた。何より、ふるさとは季語の宝庫だった。後年の俳句の仕事に、どれだけ役立ったことか。ふるさとの季語たちは私の背骨や背景となり、うしろから静かに強く私を支え続けてくれた。無駄なことはなかったのである。

「俳句は望郷の詩だ」と俳人の今井杏太郎さんはいう。私にとって俳句を考えることは、ふるさとを思うことに似ているのかもしれない。

木の葉髪ふるさと遠く住む身かな　村山故郷

俳句の仕事に就いて、どれくらいになるだろう。総合誌を担当してからでも二十五年以上が過ぎた。本当に、月日の経つのは早い。

当時、忙しい日々には気がつかなかったことが、このごろ「そうだったのか」と納得させられることが多くなった。また、あるときの、ある瞬間の情景や発せられたことばが、突然鮮明に浮かんでくることもある。加齢と環境のせいだろうと思うが、それならば、俳句と過ごしたこれまでの日々を思い出し、改めていま思うこと、気がついたこと、なにより大好きな俳句や俳人たちのことを書き留めておこうと思うようになった。
気楽にお読みいただけると、嬉しい。

はじめに

目次

装画　北村　人
装丁　國枝達也

深山へかへる花——藤田湘子

藤田湘子（ふじた・しょうし）一九二六〜二〇〇五
神奈川県生まれ。俳誌「鷹」主宰。句集『神楽』（詩歌文学館賞）、著作『句帖の余白』ほか。没後『藤田湘子全句集』刊。

目の前で、藤田湘子さんが怒っている。

場所は、東京・渋谷の地下一階にある居酒屋。怒られているのは、もちろん私である。日本酒の猪口を口に近づけた瞬間、湘子さんの大きな右手が目の前に現れ、私を指さした。

「そんな飲み方があるか！」

怒声を浴びた。びっくりして、私は萎縮《いしゅく》した。

当時、湘子さんはＮＨＫの俳句番組に出演しており、収録後にはこの居酒屋に立ち寄るのが常であった。何度か誘われて出向いたが、いつも湘子さんと二人だけだった。ほかに俳人がいない気安さからか、飲むほどに会話はエスカレートしていったが、私はといえば、俳句の知識に疎い新米編集者だったため、ただただ湘子さんの話を拝聴するばかりだった。

さらに、そのころの私はビールしか飲めず、日本酒は身体が受けつけなかった。しかし湘子さんだけ日本酒を飲ませるわけにはいかず、無理して付き合いで飲んでいた。そんな浮薄な気持ちも、湘子さんの愛酒心を逆撫《さかな》でしたのだろう。

いまでもこのことを覚えているということは、叱られた私は少しムッとしたのだろうと思う。俳句に関する教示や説教は受容できたが、酒の飲み方で指図を受けるのは不本意だった。しかし、それを私から言えるはずがない。

酒の飲み方の講義を受けたのは、湘子さんが最初で最後。数分後には、何事もなかったかのように、湘子さんの俳句談義となった。

湘子さんには、当時担当していた俳句総合誌にたくさんの作品や文章を寄稿いただいた。まだパソコンを所有している人は少なく、ワープロが全盛を迎えるころだった。原稿の八割以上が「手書き」という時代である。湘子さんもまた、太字の万年筆による男性的な文字で、手書きの原稿を生涯書き続けた。

湘子さんは、原稿を決して郵送しない人だった。出来上がると電話が入り、受け取りに伺うのである。場所は、九段下にある「鷹」の事務所が多かったが、東京・青山の俳句カルチャー教室の終了後や、自宅近くの喫茶店を指定されることもあった。

目の前で原稿を渡されると、

「読んでみてください。駄目だったら書き直します」

と言われる。いつも、必ず、そうであった。

当時の私にとって、「書き直し」など言えようはずもなく、何よりその前に、湘子さんを前にして原稿を読むことは、ほとんど苦行に近いことだった。字面を追うだけで、内容を理解する余裕などなかった。

読み終えると感想を言わなければならないので、原稿中の印象的な地名や人名、キーワードなどを告げて会話をつなぎ、「ありがとうございます」と言って原稿を受け取った。

何度か「郵送してください」と懇願したこともあるが、却下された。そして、これは不思議な感覚なのだが、いつのころからか私は受け取り後の雑談を楽しみに、志願して行くようになった。

湘子さんと会ったあとは、ぐったりと疲れてしまい、回復までにかなり時間がかかった。思えばある種の鍛錬であった。そうやって私は鍛えられたのだ。

お会いして数年後に、突然、年賀状が届いた。賀状は限定枚数しか書かず、返信もしないと聞いていたので、とても驚いた。印刷された年賀の文面の末尾に、自筆で「だんだん雑誌が良くなっています」と書かれてあって、さらに驚いた。お世辞だと分かったが、励みになり嬉しかった。こんな風にアメとムチを上手に駆使して、人を育ててゆく人だったのだと、いま実感する。湘子さんに育てられた人は俳壇に多くいるはずで、まさに名伯楽であった。

「日本酒は、こうやって飲むんだ！」

と、自ら猪口を持ちあげて模範を示してくださったあの夜の光景が、このごろしきりに思い出される。

五十代を過ぎたころから、私は日本酒一辺倒になった。

猪口を口につけると、ふっと湘子さんの顔が浮かぶ。その顔は、もう怒っていない。あのとき叱られて、よかった。「湘子さん、私も酒の飲み方が上手になりましたよ」。そう言いかけて、少し哀しくなる。

平成十七年四月十五日、湘子さんは七十九年の生涯を終えた。その年の最後の桜が、残花の晴れやかさとともに、咲き残る寂しさを見せながら咲いていた。

*

もう二十年以上前のこと。まだ私が、俳句総合誌の担当になったばかりのころである。編集部に送られてくる俳句結社誌を読んでいると、一周年や五周年という周年記念の年に、結社が主催する大きな俳句大会が行われていることを知った。俳句のことも、結社のことも、何も知らなかった私は、「俳句大会」というものを一度見てみたいと思った。

そこで当時、いちばん頻繁にお会いしていた藤田湘子さんに頼んでみた。「俳句大会を見学させてください」と言ったところ、言下に「駄目だ！」と断られた。

振り返ってみれば、我ながらよく頼んだものだと、あきれてしまう。自分の無知無謀に恥じ入るしかない（無知であることは、ときに暴力となる）。

通常、結社の周年大会は、最初に俳句大会や表彰式、そして主宰または来賓の講演などを行い、休憩をはさんで夕方ころから祝賀会が開かれる。私たちマスコミ関係者はこの祝賀会から出席するのが普通である。つまり俳句大会は、結社の主宰と会員のための内輪の会であり、内輪だからこそ重要な会なのである。

こんなことも知らなかった私は、湘子さんから断られても、めげずに（というより、湘子さんに甘えて）再三再四懇願した。根負けした湘子さんは、最後には見学を許してくださった。ただし、「あなたへの気遣いは一切しませんよ。そして、大会が終わったら速やかに帰ること」を約束させられた。

約束の当日、私は新横浜駅前のホテルで行われていた「鷹」の全国大会に出かけていった。

会場に案内されて、驚いた。後方のドアを開けて入ると、ドアのそばの、会場のなかでいちばん奥の壁の隅に、一脚のパイプ椅子がポツンと置かれてあった。そこが、私の席であった。

会場の最前列には、湘子さんや飯島晴子さんの顔が見えたが、はるか遠くに見えたため、声は聞こえても表情までは分からない。挨拶に行くこともできない。会員諸氏は机に着席してメモを取っていたが、私は椅子だけなので十分なメモを取ることもできず、まわりには誰もいないので、訊くこともできなかった。

驚きながら、ひとつだけ分かったことがある。

湘子さんは、「お前の席は、ここなんだよ」と諭しているんだな、と。「お前」とは〈マスコミ関係者、つまり外部の者〉という意味であり、「席」とは〈立場や分《ぶん》（身の程）〉という意味である。

初めて見る俳句大会は、充実していて、選者の講評や発言はどれも新鮮で刺激的だった。「俳句は、すごい！」と何度も感動した。会場が静謐《せいひつ》な緊張感と高揚感に包まれていたのを、いまでも覚えている。

大会が終わったあと、約束通り私はだれとも会話せずに会場をあとにした（この大会のことは、のちのちも湘子さんと話したことがないような気がする）。

「おのれの分、身の程を知ること」。そのことを教えられ、私は打ちのめされていた。そして、強引な私の頼みを了解してくださった湘子さんに、申し訳ない思いでいっぱいで、御礼を言うこともできなかった。

後年、このときのことを思い返すたびに、あのとき打ちのめされてよかった、雑誌担当の初期のころにきちんと教えてもらえてよかったと何度も感謝した。たまたまだが、最初の見学を湘子さんに頼んでよかったと思った。

もしもあのとき、最前列なんかに座らされ、会員の接待などを受け、その流れで祝賀会にも出席していたら、私は思い上がってしまい、鼻持ちならない編集者になっていただろう。俳句という詩型を軽んじる人間になってしまっただろう（俳句で思い上がるのは、じつは簡単なことだ）。

以後、私は取材のために多くの祝賀会に招かれ、まれに俳句大会から出席することもあったが、そのたびに「お前の分は、その席か？」という湘子さんの声が聞こえ、前列に案内されてもできる限り固辞し、後方の席に座るようになった。

主宰者とは、俳句大会での会員に向ける顔と、私たちマスコミに見せる顔とは、違うのだということ。こんな当たり前で、しかし忘れがちになる大事なことを、湘子さんは一脚のパイプ椅子で厳然と示してくださったのだった。

*

六年間だったのだな、と改めて思う。

藤田湘子さんとの仕事上の付き合いは、数えてみると、晩年の約六年間だった。これが、短いのか長いのか分からない。ただ、私にとってはとても短く感じられる。

当時、湘子さんとは頻繁にお目にかかっていたが、不思議なことに私は、湘子さんの書籍を一冊も担当していないのである。

その間も、湘子さんは角川書店から句集『てんてん』（平成十八年）、エッセイ集『句帖の余白』（平成十四年）、『入門　俳句の表現』（角川選書、平成十四年）などを刊行している。しかし、私は担当していない。

私の在籍していた編集部は、月刊俳句総合誌のほかに、俳句関連単行本、ムック本、自費出版句集などを並行して製作していたので、六年間には本を作る機会もあったはずである。単に、社内の担当部署が異なったゆえ、タイミングが合わなかっただけかもしれないが、それでも一冊くらいは湘子さんの本を作ってみたかったなと思う。目の前で、湘子さんの喜ぶ顔を見たかったのである。

最晩年の湘子さんは、蛇笏賞・俳句研究賞の選考委員を辞し、療養専一に努められていた。

平成十六年六月、湘子さんは入院された。「面会謝絶」と聞いていたが、お会いしたいと思った。せめて病状だけでも知りたいと思い、ご自宅に電話を入れた。奥様が電話に出られ、しばらく雑談のあと、湘子さんのお見舞いに行きたい旨を伝えた。奥様からの返答は、意外なものだった。

「石井さん。本人には連絡しないで、直接、行っちゃいなさいよ」

少し気が楽になって、私は平日の午後、入院先の病院に向かった。ドアを開ける瞬間、さすがに緊張したが、「帰れと言われたら、素直に帰ろう」と思い決めて入室した。湘子さんと、目が合った。

「おう。よく来たね」

あっけない返答で、なんだか拍子抜けした。

快活な湘子さんの声に安心して、しばらく俳句の話を続けた。病室の小さな机の上には、書きかけの句稿が見えた。これは、翌月の「俳句研究」八月号に特別作品三十三句として掲載予定の句稿だった。

「タイトルは、『螢火忌《けいかき》』にしたよ。飯島晴子の忌日の名称にしようかと思う。この病院にいると、晴子の家が近いせいか、自然と彼女のことが思い出されてね」

病室の窓から遠くを見つめる優しい眼差《まなざ》しは、私が初めて見る湘子さんの眼差しだった。

病院では、あまり食事が食べられないと言う。美食家の湘子さんにとっては、耐えがたい苦痛だったのだろう。壁際のテレビを見ながら、突然、声を荒げられた。

「おい。テレビは、なぜ、食いもんのコマーシャルばかり、多いのかね」

あとで不謹慎だったと思ったが、そのとき私は吹き出してしまった。このくらい元気なら、大丈夫だろう。

別れぎわに右手を差し出され、「きょうは、俳句の話ができて嬉しかった。ありがとう」と言われた。大きな右手を握り返して、私は湘子さんの笑顔と別れた。

それからわずか十か月後、湘子さんは他界された。

俳誌「鷹」を見ると、いまも、さまざまの出来事を思い出す。たとえば、「鷹」の誌面の文字組みや指定は、すべて湘子さんが指示されていた。とても美しい誌面で、私は常に参考にしていた。こうした編集技術の苦労話をされるときの湘子さんは、心から楽しそうだった。

うすらひは深山へかへる花の如　湘子

この句が大好きで、たとえ叱られることがあっても、この句の作者だからと思うと我慢できた。この一句で、私は湘子さんを信頼していたのだと思う。亡くなられたあとは、故人の魂が深山《みやま》へかえってゆく鎮魂の句になった。

　つらい時もあったが、喜びもあった。湘子さんと共に過ごした数々の思い出の風景は、限りなく懐かしく、いつも少しだけ哀しみに繫《つな》がってゆく。

落葉の千駄ヶ谷——草間時彦

草間時彦（くさま・ときひこ）一九二〇〜二〇〇三
東京生まれ。俳誌「鶴」同人、のち無所属。句集『盆点前』（詩歌文学館賞）『瀧の音』（蛇笏賞）、著作『食べもの俳句館』ほか。

別れぎわに、「とにかく頑張ることだよ」と先生は言われた。それが遺言のようになってしまった。

先生が亡くなって、もう十七年になる。先生とは、草間時彦先生である（当時の敬称のまま「先生」と記す）。

先生との出会いは『俳文学大辞典』の編纂《へんさん》中にまでさかのぼる。私が仕事で出会った初めての「俳人」が先生だった。もう三十年以上も前のことになる。

『俳文学大辞典』の刊行は、平成七年十月。この編集期間中には、収録する項目の選定や執筆者決定のため、編者の先生方と頻繁に会議を重ねた。編者は尾形仂《つとむ》・大岡信《まこと》・草間時彦・島津忠夫・森川昭の五名だった（すでに尾形・大岡・草間・島津の四先生が鬼籍に入られている）。

草間先生は近現代俳句の担当で、会議では厳しい意見を述べることもあったが、会議後の懇親時間になると柔和な表情で日本酒を飲まれていた。

当時、編集部は東京の本郷三丁目にあり、先生が思いがけなく訪ねてこられることが数回あった。いつも湯島の坂を下りたところにある蕎麦屋に行くことが多かった。もりそばとお銚子《ちょうし》一本という短い時間だったが、「鶴」時代の話、神保町の「ランチョン」という店の話、パリ在住の俳人・小池文子《ふみこ》さんのことなどを伺った。

先生は、俳句をまったく知らない私などと話して楽しかったのだろうか。当時も、亡くなられてからも、私はずっとそんな思いを払拭できないでいた。もちろん私にとっては有難いことで、いまでも先生に敬意を抱き続けている。その気持ちの裏側で、そう思うのである。

このごろになって、ようやくこんな風に思えるようになった。「俳句に興味がある人がいる」というだけで、先生は嬉しかったのではないか。当時の先生の年齢に近づいたいま、私も同じように（先生と比べるべくもないが）、もしも「俳句に興味のある人」が身近にいたら、なんでも協力したいと思うだろう。知識の有無は関係ない。

『俳文学大辞典』が終わり、いったん先生との縁は切れた。私は書籍編集部に異動になり、おもに角川選書の編集を約二年間続けたのち、俳句総合誌の編集部に配属される。再び縁が始まるのである。

俳句に関する調べ物のために、私は俳人協会（俳句文学館を併設）をよく訪ねた。先生は、俳人協会の理事長という要職にありながら、笑顔で迎えてくださり、俳人の近況や俳壇事情などを教えてくださった。「評論を読んで、勉強することです」と言って、自著の評論集『私説・現代俳句』をくださったこともある。

私は晩年の先生しか知らないが、晩年であっても先生に出会うことができて本当に良かったと思う。相手が何歳のときに出会うかは、ほとんど偶然であるが、いつか必然と思えるときがくる。

平成十四年夏に、先生に二十句を依頼。初校刷りを入院先の病院まで持参した。著者校正は後日、郵送してもらうことにしていたので、長居は禁物と早々に辞去しようとすると、別れぎわに先生は冒頭のことばを発したのである。

この二十句は「俳句研究」平成十四年十一月号に掲載。これが、先生の「俳句研究」での最後の作品になった。

翌年、先生は逝去。同年九月号（草間時彦追悼号）の「編集室から」（編集後記）で、私は次のように書いている

定家葛《ていかかずら》の花が句碑の前で芳香を放っていた▼6月上旬、奈良・東吉野村に草間時彦さんの句碑を訪ねた。投石の滝に至る川沿いの道の入り口にあり、背後に聳える白馬寺境内の大欅《けやき》が、まるで句碑を守るかのように大きく葉を広げていた。静かに黙禱を捧げた▼草間時彦。大正9年東京生まれ。5月26日逝去。享年83。生涯に一つだけの句碑に刻まれた一句〈千年の杉や欅や瀧の音　時彦〉▼「近くまで来たので寄りました。蕎麦でも食べませんか」。生前、誘われて何度ご一緒させていただいたか。こんな風にして俳句

という詩型について、さりげなく教えてくださったのだと今にして思う。そして俳人の生き方についても（以下略）。

読み返すと、哀しくなってしまう。少し気張っている文章で気恥ずかしいが、このときの思いはいまも変わらない。

冒頭の先生のことばは、正確にはこうである。

「石井君、俳句のために、とにかく頑張ることだよ」。

「俳句のために」と言って励ましてくれた、最初の俳人が草間時彦先生だった。

*

『俳句（十六句）』と題する小冊子が手許にある。

東京・上野の蕎麦屋だったかと思うが、「こんなものを作ったので、差し上げます。俳句親善の仕事で中国に行く予定があるので、名刺代わりに作ってみたのです」と直接、渡された。

二つ折にした紙を中央でホチキス止めにした中綴じ本で、大きさはほぼ新書判。一頁に俳句一句と制作年、その句の英訳・中国語訳が併記されている。

本文はこれだけで、「あとがき」はない。扉用の頁（四頁）と、少し厚手の紙を同じく二つ折にした表紙（四頁）を加えても全二十四頁という、ごく薄い冊子である。

この冊子には、いわゆる奥付がない。定価表示もない。最終頁に「1992」という刊行年と、発行元の「nagata」という名称と住所がローマ字で示されている。

作者は、草間時彦先生。つまりこの小冊子は、草間先生の俳句十六句（英訳・中国語訳付）を収めた小句集なのである。とても瀟洒《しょうしゃ》な冊子で、当時、草間さんが懇意にされていた永田《ながた》書房さんが作製したものと思われる。

十六句すべてにルビが付いているが、ルビを省いて、左記に引用する（下段は制作年）。

冬薔薇や賞与劣りし一詩人　昭和29
出船あり春外套に夕日沁む　昭和32
馬車の荷の百花に風や復活祭　昭和35
運動会授乳の母をはづかしがる　昭和35
泳ぐ少年見守る少女夕蜩　昭和36
掌に満てり音のさみしき胡桃たち　昭和36
三月の風は移り気花売女　昭和38
原爆ドーム仔雀くぐり抜けにけり　昭和42
花野から虻来る朝の目玉焼　昭和45
恋せむには疲れてゐたり夕蜩　昭和46

咲き満ちし椿の中の恋雀　昭和47
犬のみに許す心や秋時雨　昭和47
オムレツが上手に焼けて落葉かな　昭和49
橋暮れてかりがねの空残りけり　昭和52
人声の登りゆくなり枯木山　昭和55
冬の夜のスープに散らす青パセリ　昭和58

この十六句は、第一句集『中年』から第五句集『夜咄《よばなし》』までの作品から選ばれている。改めて読み返すと、いくつかの素朴な疑問が生じる。

先生は、なぜこの十六句を選んだのだろう（もっと人口に膾炙《かいしゃ》した代表句がたくさんあるのに）。「夕蜩《ゆうひぐらし》」の句が二句、そして「恋」の字のある句が二句あるのは、なぜか。「花野から」の句は句集では「花野より」、「犬のみに」の句は句集では「犬にのみ」となっているが、これは推敲したものなのか、単なる誤植なのか。分からない。まるで解答のない問題集を前にしたように、戸惑うばかりである。

想像するに、海外の人に向けて日本の風土・風物を紹介するときに、名刺代わりに話題になりそうな句を選んだのではないか。そう思うと、これから海外に行く人が作製するときの参考になる選句である。

もうひとつ。この冊子の扉には、先生の次の一句が肉筆で書かれてある。

ほのめきて恋に至らず春隣　時彦

この句は、頂戴したその場でお願いして書いていただいた。突然の非礼なお願いにもかかわらず、先生は快く染筆してくださった。句の初出は、当時ＮＨＫ・ＢＳ放送で放映されていた「俳句吟行句会」に出句されたもの。抒情の濃い句だが、ＴＶで観て以来、大好きな一句だった。

しかし、数か月後の俳句総合誌を見て、私は驚愕した。

ほのめきて恋に至らず利休梅　時彦

一句に賭ける俳人の熱情を知らされ、同時に先生の作句工房を垣間見た思いだった。ただ、公共の電波に乗った句を大胆にも季語を変えてしまい、「大丈夫だったんですか」と、先生に尋ねてみたい気もする。

いまごろになっても、訊きたいことや、聞いておきたかった諸々のことが、次々とたくさん出てくる。情けない。

最終的にこの句は、句集には収められなかった。それは、先生の俳句への矜持《きょうじ》だったのだろう。

「春隣」の季節になると、先生の柔和な顔が思い出され、会いたくなって仕方がない。

数年前の冬のこと。東京・千駄ヶ谷の銀杏並木を歩いていて、その光景に思わず息をのんでしまったことがある。黄色のジュータンが、この世のものとは思われない美しさだった。突然、先生の俳句を思い出した。

アスコットタイに落葉の千駄ヶ谷　時彦

どんな時もダンディーで、おしゃれだった先生の姿が浮かんでくる。私の大好きな一句である。しかし、面影に立つ先生は、背中を見せながら銀杏並木に消えていってしまう。私は先生を、いつも呼び止められないでいるのである。

あとに蹤くこと――皆川盤水

皆川盤水（みながわ・ばんすい）一九一八～二〇一〇
福島県生まれ。俳誌「春耕」主宰。句集『寒靄』、著作『俳壇人物往来』ほか。没後『皆川盤水全句集』刊。

そろそろ電話がくるかもしれない。そう思って編集部で待っていると、必ずそのタイミングで電話が入る。

「もしもし、石井さん？　俳句の依頼をありがとう。頑張って作るからね。よろしくお願いします」

受話器からは、少ししゃがれた、いつもの皆川盤水先生の声が聞こえてくる。原稿依頼の御礼の電話である。

通常、編集部からの原稿依頼状は、郵便でいっせいに発送する。たぶんその手紙が着くやいなや（だと思う）、電話をくださったのである。

依頼状には返信の諾否葉書を同封してあるので、先生のように電話をくださる人は珍しい。当初はこうした反応に戸惑ったこともあるが、いつしか私は先生からの電話を心待ちにするようになった。きょうあたり依頼状が届くかという日には、なるべく編集部に在席するようになった。

なぜ心待ちにしたかといえば、先生がことのほか喜んでいたからである。ことばは悪いかもしれないが、子どものように素直に喜んでいる先生の弾んだ声を聞くのが、嬉しかったのである。

俳句の依頼が、こんなにも作者を喜ばせることになるということを、盤水先生の声が私に教えてくれた。それは同時に、情に流されることなく、作品本位で人選を行うという編集の基本を、私に注意喚起してくれた。その基本があってこそ、はじめて作者に喜んでもらえるという当たり前のことを、さりげなく私に教えてもくれたのである。

盤水先生は、大正七（一九一八）年生まれ。私は昭和二十九（一九五四）年生まれなので、三十六歳の年齢差がある。十二支でいうとちょうど三廻《まわ》り違いの、同じ午年《うま》の生まれである。私の父親も大正生まれなので、親子ほども年が違うといっていいだろう。

まさか同じ午年生まれだからというわけではないだろうが、先生はことのほか私を可愛がってくださった。こんなことばは自ら言うべきではないと承知しているが、そうとしか表現しようがない。依怙《えこ》贔屓《ひいき》だと思えることもたくさんあり、それは私が俳句総合誌を担当しているせいかと思うこともあったが、よくよく思い出してみるとやはり私は可愛がっていただいたのだと実感する。

私が俳句総合誌の担当になったとき、先生はすでに俳壇の重鎮であり、仰ぎ見る存在だった。先生とお会いするときの私の緊張感は並大抵のものではなかった。なにより、先生と向き合うと、私は何も喋れなくなってしまい、それはかなり長い間続いた。

親しく接していただいたといっても、長い時間を共有したわけではない。淡交と呼ぶにふさわしい時間であり、会話も弾んでいたわけではない。

たとえばグラビア撮影のために、先生のご自宅にお伺いする。撮影が終わると、「忙しいのでしょう。頑張ってください」とねぎらいのことばをかけられて、それで終了となる。あっけないくらい短時間で済んでしまい、そのあと雑談するわけでも喫茶店に行くわけでもなかった。私も緊張していたので、短時間であることに救われる思いだった。

思い返せば私は、先生から俳句の話を伺ったことが一度もない。それはいま思うに当然であり、当時の私が、先生と俳句の話を対等にできるはずがないのである。俳壇の事情も知らず、俳句の基本も知らない素人だったのだから、お呼びではなかったはずである。それなのに、やさしくしてくださったのは、なぜなのだろう。

私が先生と出会ったころ、先生はすでに八十歳をこえられていた。角川書店の俳句総合誌の編集長で長く先生と伴走した編集者は、鈴木豊一氏だろう。私が担当になったときには、すでに鈴木氏は退職されていたが、氏の業績は先生から時折聞くことがあった。私自身も鈴木氏の下で働いたこともあり、情熱あふれる仕事ぶりはいまでも語り継がれている。盤水先生が私に肩入れしてくださった背景には、そんなこともあったのかもしれない。

しかし究極には、私がとても頼りなくて、同情してくださったのだと思う。それを先生は、言葉ではなく、行動や態度で示してくださった。まるで父親が息子に示す不言実行の黙契のようだった。

亡くなられて十二年、前向きで明るく、和楽の俳人だった先生のことが、このごろしきりに思い出される。

＊

「石井さん、高幡不動《たかはたふどう》に来ませんか」

どんなきっかけだったか忘れてしまったが、ある年のこと、突然に皆川盤水先生から誘われたのである。

私はびっくりして、しばらく返答ができなかった。

東京・日野市にある高幡不動尊（金剛寺）は、京王線高幡不動駅からすぐの距離にある。近年では多摩モノレールも開通し、さらにアクセスが向上した。

広い境内には、五重塔が聳え立ち、紫陽花や紅葉の名所として知られている。また、新選組の土方歳三《ひじかたとしぞう》の菩提《ぼだい》寺としても有名である。毎日護摩《ごま》が焚《た》かれている境内には、いつ訪れても線香の香りが絶えることがない。

先生の主宰する「春耕《しゅんこう》」俳句会の新年俳句大会は、この高幡不動尊で毎年一月（または二月初旬）に開催される。私はその大会の懇親会に先生からお誘いを受けたのである。

当時私は、この懇親会も雑誌取材のひとつと受け止めて、写真撮影のためのカメラを持参して、会場に向かった。

着いてみて、驚いた。招待者は、私だけなのである。最前列に主宰や幹部同人の席が設けられ、その一席に案内されそうになったので、何度も固辞したが、聞き入れてもらえなかった。着席した私の隣の席は、盤水先生だった。

「よく来てくださいました。楽しんでいってください」

そんな風に言われたような気がする。そして、

「あとで、ご挨拶をお願いします。難しいことは言わなくていいです。「新年おめでとう。今年もよろしく」と言って、あとは担当する雑誌の宣伝でもしなさい。とにかく、短くお願いします。長い挨拶は駄目だよ」

正直、出端を折られてしまった。未熟ながらも俳句に関わる挨拶をしようと、考えて来たのである。しかし、お告げのように「短く」と言われたので、適当なところで切り上げて降壇した。

乾杯のあと、すぐに食事(昼食)と歓談が始まった。それは、これまで見たこともない楽しい談笑風景であった。笑顔の人垣の輪が、そこここで繰り広げられていた。

「春耕」は男性俳人の多い結社であることも、このとき初めて知った。おそらく俳壇のなかでも、男性の比率が特段に高い結社だろうと思う。

盤水先生の席には、たくさんの会員が新年の挨拶に訪れる。そのたびに先生はお酌を受け、隣に心細く座っている私を指差して、「石井さんという人です。覚えておきなさい」などとおそろしい発言をするのである。当初は、私の持参した数十枚の名刺がなくなって

しまうくらいだった。

宴席の途中で、雑誌掲載用の写真撮影をお願いしたら、先生は、「そんなものは、いいよ」と言うのである。それでは私の仕事が成り立たないので、無理にお願いして撮らせていただいた。

懇親会は二時間くらいで終了したが、帰り際に先生は、

「来年は、ここに雑誌を持ってきて売りなさい」

とまで言ってくださった。

このころの私は、先生の真意をはかりかねていたのである。ここまで思い入れをしてくださる理由が分からず、何か対価を求められたらどうしよう、などと失礼なことまで想像したりした。しかし先生からの要求は何ひとつなかった。その上、会員の句集の斡旋《あっせん》までしてくださった。私はいまでも、先生に頭が上がらない。

この懇親会が終わると、近くの蕎麦屋で引き続き二次会が開かれる。この二次会で、たくさんの男性俳人と知り合うことができた。私にとっては僥倖《ぎょうこう》の場であり、宝物のような時間だった。これも盤水先生のお導きなのだろう。

この懇親会へのお誘いは、先生が亡くなったあとも、棚山《たなやま》波朗《はろう》主宰に引き継がれ、蟇目《ひきめ》良雨《りょうう》主宰になっても(コロナの年を除いて)途切れることなく続いている。新年の高幡不動尊への参拝は、私の年間行事のひとつになっているのである。

なぜ、こんなにも懇意にしてくださったか。おそらく、「私のことを忘れないでいてく

ださいよ」と先生が望まれた結果なのだろうと、私は自分勝手に解釈している。

高幡不動尊の裏手にある墓域の高台の一角に、盤水先生の墓地があり、私は毎年そこで手を合わせてから懇親会場に向かう。

*

皆川盤水先生から頼まれて、「春耕」同人の方の句集を何冊か作らせていただいたことがある。

いまでもそうだが、会員の句集の発行所（出版社）は、主宰が決める場合が多い。「春耕」の場合も盤水先生が決める場合が多く、角川書店からの発行を私がいくら希望しても交渉の余地はあまりなかった。ひたすら、先生から声がかかるのを待つしかない。そのため句集の依頼を受けると、とても嬉しかった。

先生から「句稿が整いましたので、編集部に送りました」と連絡が入ったので、私は電話口で、「ありがとうございます。では、印刷所への入稿準備に入らせていただきます。初校（最初の校正刷）が出ましたら、先生と著者の両方に送らせていただきます」と返答した。しばらく沈黙の時間があったので、どうしたのだろうと思ったら、先生はこんなことばを継がれた。

「石井さん。初校は僕だけでいいよ」

今度は、私が黙ってしまう番だった。

先生の意向に異を唱えるわけにはいかないので、いったんは「分かりました」と答えたのだが、どうにも割り切れない思いだった。

句集の著者に初校を送らないということが、あり得るだろうか。完成まで、著者は内容を見ることができないことになる。なにか事情があるのだろうか。

私は先生の発言にひどく驚き、困惑し、どうしたらよいか悩んだのを覚えている。いまだったら、「著者にゲラを送らないなんて、あり得ませんよ」と即座に言ってしまえるのだが、当時は何も言えなかった（ゲラとは、「ゲラ刷り」のことで、誤字脱字などのチェックを行うための校正刷りのことをいう）。

ではどうしたかと言えば、初校が出稿されたときに、先生に送るのと同時に、先生に内緒で著者にも送ったのである（このとき事前に、先生に「著者にも送ります」と私から言ったような気もするが、記憶が曖昧で分からない。私の性格からすれば言ってしまうところだが、このことを現在まで覚えていて気になっていることから、私は先生には言わなかった可能性の方が高いように思われる）。

数日後、返送されてきた初校を拝見すると、先生の初校にはほとんど訂正はなく、著者からの校正には随所に朱字が入っていた。先生からは丁寧な電話が入り、

「石井さん、いろいろとありがとう。これでもう大丈夫だと思いますので、あとはお任せいたしますよ」

と言われた。このときに至っても私は、著者にも初校を送ったことを言えなかった。いったい私は、気が小さいのか、大胆不敵なのか、自分でも分からなくなっていた。句集は、著者の朱字を反映した上で無事に刊行された。

このごろになって、私は思い至るのである。先生は、すべてを知っていたのではないだろうか。私が勝手に著者に校正を送ったことなど先刻承知されていた。承知していて、いっさい不問に付された。だから、このことを先生から問われることはなかった。そう考えれば、合点がいくのである。

なぜ先生は、黙っていたのだろうか。先生の本音は「編集部に面倒な作業を押しつけるのは申し訳ない」という思いだったのではないだろうか。しかし私は送ってしまったので、「しようがないな」と思っていたのではないかと思う（これは、あまりに都合のいい解釈だろうか）。

先生は大らかな人で、小事にはこだわらない人だったと思う。その後も先生は、何事もなかったかのように、いつもニコニコと笑顔で私に接し続けてくださった。

仏教用語に「無財の七施」という布施があり、そのひとつに「顔施《がんせ》」（和顔施）がある。顔施とは、やさしい微笑みをもって人に接することをいい、笑顔はその場の雰囲気をやわらげ、人を優しい気持ちに導いてくれる。先生はまさに顔施の人であり、「和楽」の精神もここからきているように思われる。

先生から施しを受けたと感じている俳人は、私以外にもたくさんいるのではないだろうか。ますます私は、先生に頭が上がらないのである。

＊

振り返ると、いつもそこに皆川盤水先生の姿があった。

某年某日、先生を見かけたので、近づいて挨拶をしたことがある。場所は東京・早稲田にある某ホテル。ある結社の周年祝賀会があり、先生も私も出席していた。それがお開きになり、帰途につくためにホテルのロビーを通りかけたとき、先生の姿が見えたのである。先生は、ホテル内の売店の一か所に釘付けになったように、立ちつくしておられた。

「先生、何をされているのですか」

「ここに、珍しいものがあるんだよ」

指で差し示した先をたどると、そこには日本酒の一升瓶がずらりと並んでいた。先生は、日本酒を選んでいたのである。

「ご自分で飲まれるのですか」

「いや、僕はもうあまり酒は飲めないけれど、知り合いに送ろうかと思ってね」

たったそれだけの短い会話だったが、妙に印象に残っている。それは、贈り物をするという先生の優しい気持ちに触れたこともあるが、もうひとつ、先生の日本酒を見つめる優しい表情が長く記憶に残っていたからでもある。

このごろになって、ひとつだけ分かったことがある。

先生は日本酒を選ぶときと同じ表情で、俳句を作るときも対象に一心に優しい眼差しを向けていたのかもしれない、と。

先生の日本酒好きは有名で、若いときは相当の酒豪だったとも聞く。私は先生の晩年からのお付き合いなので、当時のことは知らないが、たとえば高幡不動での「春耕」新年会で、隣に座る先生が会員からのお酌を受けるときの、先生の何とも言えない嬉しそうな笑顔を思い出すと、お酒が好きだったことはよく分かる。

一度くらいは先生とふたりで飲みたかったな、と何度思っただろう。思い上がりかもしれないが、いまなら先生の酒席の相手はできたかもしれない。三十六年という先生と私の年齢差が不運だと思うのは、こんなときである。

平成二十二年八月二十九日、先生は亡くなられた。享年九十一。

翌二十三年は、「春耕」四十五周年という記念の年で、祝賀会の話は先生からたびたび聞かされていたが、肝心の先生の出席は叶わなかった。同年、遺句集『淩雲』（第十二句集）が刊行された。この句集は私が先生の単行句集を担当した初めての句集だった。句集名は法名に拠《よ》るものだが、完成した句集を真っ先に喜んでくれる先生のいない遺句集は、やはり淋しい。

五年後の平成二十八年には、「春耕」五十周年記念出版として、『皆川盤水全句集』が角川書店から刊行された。

十二冊の単行句集、約四五〇〇句の俳句を残し、先生は七十数年の俳句人生を閉じられた。明るく、骨太で、独特の美意識に支えられた先生の俳句には、大自然とそこに住む人間の営みが描かれていた。自然を詠んでも、背景には必ず人間の姿があり、人々の営みがあった。

毎年、長い冬が終わり、春を告げる東風《こち》が吹き始めると、先生のこんな俳句を思い出す。

探梅行あとに蹤くことたのしめり　皆川盤水

平成十一年の作品で、句集『山海抄』に収録されている。

先陣をきって進むのではなく、〈あとに蹤《つ》くこと〉を心から楽しんでいる先生の姿が想像できる。それは人生の余裕と呼ぶべきものだろう。

亡くなられて十四年、私の身辺にもいろいろのことがあったが、うしろを振り返れば、いつもしんがりに先生がおられて、見守ってくださったのだなと思う。

先生と同じようにできるか分からないが、私もまた、若い人たちの〈あとに蹤くこと〉を選び、学び、それを楽しめるようにならなくてはいけないのだと改めて思う。

肩より高く手を上げて、「石井さん、元気?」といつも挨拶してくださった先生の笑顔を思い出すたびに、まだまだ私は半人前だと思い知らされる。

先生から教わることは、これからも多くあるのだろう。それはなんと楽しいことだろうと思う。

石は仏に——今井杏太郎

今井杏太郎（いまい・きょうたろう）一九二八～二〇一二
千葉県生まれ。俳誌「魚座」主宰。句集『海鳴り星』（俳人協会賞）『風の吹くころ』ほか。没後『今井杏太郎全句集』刊。

今井杏太郎さんと初めて会ったときのことを、どうしても思い出せない。何かの用事で会ったはずだが、いつ、どこで、どのようにしてお会いしたのかまったく思い出せないのである。

当然のことだが、最初は執筆者と編集者という関係だった。この関係は変わらずに最後まで続くのだが、いつのころからか杏太郎さんは、私にとって特別な人になった。

私が杏太郎さんに親近感を抱き続けたのは良いとしても、杏太郎さんが同じ思いを持っていたかどうかは、いまとなっては分からない。お互いにそうだったと、私だけが思い込んでいるのかもしれない。

結論から言ってしまえば、杏太郎さんは私にとって、単なる一人の執筆者から始まり、不思議な俳句を作る面白い俳人になり、尊敬する俳人、大切な人となり、そして最後は父親のような存在にまでなっていった人だった。

杏太郎さんとの思い出は数限りなくあるが、思いばかりが溢れてしまい、思い返すたびに自分の不甲斐なさに気づく。叱られたこともあったが、楽しかった思い出の方が多い。むしろ楽しかったがゆえに、あのときはもっと違う対応があったはずだとか、あんなことは言わなければよかった、なぜもっと優しく接することができなかったのか。そんな後悔ばかりが先に立つ。

私のこんな思いを知ってか知らでか、杏太郎さんはいつも変わらずに付き合ってくださった。そう、最後まで変わらずに笑顔で接してくださったのである。そのことがどんなにすごいことか、いまごろになってよく分かる。

俳句のことで、教えを受けた俳人は、たくさん思い浮かぶ。尊敬する俳人も、また然《しか》り。しかし杏太郎さんは、大仰な言い方かもしれないが、仕事を超えて私の人生に影響を与えた俳人だった。とくに、「男の生き方」「晩節の過ごし方」ということに関しての指南役であった。

生きていれば、今年(二〇二三年)、九十五歳になる。年齢でいえば、杏太郎さんと私とは、二十六歳の開きがある。

杏太郎さんの「七十歳を迎えられるかなあ」というつぶやきを何度も聞いたことがあった。そして無事に古稀《こき》を迎えたある日の夜、誘われて東京・水道橋のライブ演奏のあるジャズ・バーで、ささやかな祝杯を挙げたことがあるので、そのころにはもう頻繁にお会いしていたのだろう。ということは、私は四十代半ばだったということになる。

当時の私は、仕事で多忙を極めており、個人的にだれかと会うという時間がほとんど取れなかった。また、だれとも個人的には会わないと、自分でも頑なに決めてもいた。

しかし、杏太郎さんは別だった。それは、杏太郎さんが誘い上手で、ズルズルと約束させられてしまうということもあったが、たぶん私も、無理をしてもお会いしたいと心のどこかで思っていたのだろうと思う。

繰り言のようにぐだぐだと書いているが、じつは何から書けばよいのか決められないでいるのである。「融通無碍《むげ》」が杏太郎さんの句風であり、それは杏太郎さんの人柄や人生にも通じる言葉だと思われるが、思い出は融通無碍に書くことがとても難しい。

無碍ではなく、私にとっての「無価《むげ》」（仏教用語で、価値をはかることができないくらい貴重なこと）を、思いつくままに綴らせていただこうかと思う。

まずは追悼の意をこめて、平成二十三年の「俳句研究」秋の号に掲載された生涯最後の作品群から、最終の一句を引かせていただく。

北へ吹く秋風なれば美しく　　杏太郎

＊

「あっ、石井先生ですか」

今井杏太郎さんの第一声は、いつも同じだった。

編集部に電話が入る。取り次いだ部員から、「杏太郎先生からお電話です」と言われて受話器を取ると、一瞬の間があって、それから少し驚いたような声で、「あっ、石井先生ですか」と決まって言われるのである。

「先生と呼ぶのは、やめてくださいよ」と何度も懇願したのだが、最後まで聞き入れてもらえなかった。あるときから、この第一声は杏太郎さんの挨拶代わり（本題に入る前のイントロのようなもの）だと思うことにした。

いまでも、この第一声をなつかしく思い出す。考えてみれば、これはよく考えられた絶妙な挨拶である。言われた私は虚を衝《つ》かれ、一瞬気持ちがゆらぎ、心の隙間ができる。

続いて、第二声。

「そろそろ、食事でもどうですか」

いまにも消え入りそうな声で、そう誘われるのである。

こんな風に誘われたら、よほどの大事でもない限り、断れない。結局、日にちと時間が決まり、お会いすることになる。「ほかに、だれか誘いたい人がいましたら、どうぞ」といつも言われたが、私から名前を挙げたことはない。

場所は、東京・銀座が多かった。これは、杏太郎さんの帰宅に便利だったからである。

夕方の五時か六時くらいに会い、まず夕食を食べる。和食なら天ぷら、洋食ならパスタだったが、まれにスペイン料理の店に行くこともあった。杏太郎さんは、スペイン、ポルトガルが大好きで、俳句の友人たちと数回、当地への旅にも出かけている。

「スペインやポルトガルの、どこに魅かれるのですか」

と訊いたとき、しばらく静かに黙考して、

「なんにもないんだよ。土しか見えない景色があるんだよ。それがいいんだよ」

と言われた。いつか一緒に行こうと言われたが、その約束は叶わなかった。

杏太郎さんが銀座で行く店は、ほぼ決まっていて、同じ店に通いつめるため、どの店でも常連扱いだった。食べることが大好きなのに、新しい店には興味がないのだろうかと思い、訊いてみたところ、

「作る人の顔が見えない店には、行かないんだよ」

ということだった。

何度も行っているのに、店に入ると、必ずメニューを開く。最初のページから眺め始め、メニューの品名をゆっくり確かめるように一つ一つ声に出して読み上げる。こんな人は、初めてだった。数分間そうしていて、結局は毎回、ほぼ同じものを頼むのであった。

決まっているのならすぐに注文すればいいのに、毎回メニューを検討する。待っているこちらの身も考えてほしいと思い、思いきって訊いてみたところ、杏太郎さんの言い分はこうであった。

「せっかく都会のレストランに来ているんだから、おいしそうなものを食べたいんだ。たくさんは食べられないんだから、慎重に考える。家でも食べられるものは、いらないんだ。家では食べられないものを頼みたいんだよ」

当時四十代だった私は、多忙のせいもあったが、食事は簡潔迅速に済めばいいという主義だった。だから、のんびりとメニューを選んでいる杏太郎さんの表情に、苛立ったこともある。しかし六十代半ばとなったいま、初めて入ったレストランで、ゆっくりとメニューを検討している自分がいて、可笑しくなる。「ご注文は決まりましたか」という店員の催促の声を、まったく気にしない私がいる。

杏太郎さんの俳句には、「食べ物俳句」が極端に少ない。しかも、ほとんどが「葛湯」「麦湯」「スープ」などの飲み物である。しかし、わずかに数句ある食べ物俳句には、相手がいて食事を楽しんでいる本音がうかがえて、とても嬉しくなる。

葱の葉を食べてたのしき日なりけり　　杏太郎
心太《ところてん》とは老人の愛のごとし

いま、杏太郎さんと食事ができたら、何時間でも同じ店で俳句の話ができるのにな、と思う。そう思うと、少し哀しくなる。

*

ある年の寒い冬の日。
今井杏太郎さんの主宰する「魚座」の一泊吟行会の取材のため、軽井沢に行った。

東京の待ち合わせ場所に現れた杏太郎さんの持ち物は、使い込んだ小さなショルダーバッグひとつだった。そのバッグがパンパンに膨らんでいるので、「何が入ってるんですか」とたずねると、

「飲料水、風邪薬、頭痛薬、消毒液、包帯などだよ」

と憮然《ぶぜん》とした表情で言われた。分かりきったことを訊くな、という感じだった。

杏太郎さんの本業は精神科医だが、簡単な内科の処方やケガの応急処置などはできる。吟行会で会員が風邪やケガで困らないように、いつも常備携帯しているのだという。医師という職業のせいとはいえ、こんなにも大量の医薬品を安全無事のために持ち歩く主宰は、初めて見た。

軽井沢に着いて、バスの出発時間までの一時、「お昼でも食べようか」と、ふたりで駅前のレストランに入った。

例によって、メニューを入念に検討し、注文を終えたあと、杏太郎さんは膨らんだバッグのなかから、ひとつの包みを取り出した。東京日本橋・丸善の包装紙にくるまれたA4くらいの薄い包みだった。開封してみたが、それが何なのか、すぐには分からなかった。

訝《いぶか》しげにながめている私に、杏太郎さんは少し恥ずかしそうに言った。

「タイツだよー。いわゆる、むかしのモモヒキだな。いくつか試したんだが、ここのものが一番あたたかいので、ついでに買っておいたんだ。軽井沢は寒いからね」

びっくりした私は、そのとき、どう反応したのか覚えていない（もちろん当時は、ヒー

トテックなどは無い）。ただ、寒がりの私にとっては何よりの贈り物で、早速、その日から愛用した。

いま思い返すと、吟行会に同行した編集者に主宰がタイツを渡すだろうか。そのときのことを思い出すと、笑い出しそうになる。

当日の宿泊は、油屋旅館。いったん荷物を置いて、周辺へ吟行にでかける会員たちに、杏太郎さんは、こんな言葉を投げかけていた。

「吟行会では、〈ものをよく見て作りましょう〉、なんていう人がいるが、ジーっと目を凝らして見たって疲れるだけで、俳句なんてできませんぞ。それよりも、ぼおーっと、ぼんやりと見ることですよ」

杏太郎さんの面目躍如たる名言というべきだろう。

私も杏太郎さんと数名で、近所にでかけてみた。油屋旅館の周辺の追分は、堀辰雄、立原道造らの文学的聖地であり、とくに堀辰雄文学記念館の静かな佇まいに感動した記憶がある。

石像もいくつかあり、泉洞寺の墓地に至る小径《こみち》沿いに立つ石像は、堀辰雄がこよなく愛した石像だという。

雪が降り石は仏になりにけり　　杏太郎

杏太郎さんの代表句であるこの句は、追分の石像から着想を得たという。実際に石像を見ていると（もちろん杏太郎さんのいう「ぼんやりと見る」のだが）、この句は名句だなと実感できる。そんな感動に興奮したのか、私はこのとき、とんでもない発言をしてしまった。

「杏太郎さん、〈雪が降り石井は仏になりにけり〉というのは、どうですか」

冗談だったのである。しかし、杏太郎さんの顔が一瞬、曇ったのが分かった。冗談や軽口では済まされないなと覚悟した。

「面白いじゃないか。こんど短冊に書いてやろうか」

杏太郎さんの顔は笑っていたが、怒っているのは痛いほど分かった。調子に乗って舌禍《ぜっか》事件を起こしてしまうのが私の悪い癖である。

「雪が降り」の句は、句集『海の岬』所収。この句は「が」の措辞《そじ》が素晴らしく、杏太郎さんは助詞使いの名手だという思いは、このとき確信に変わった。

頂戴したタイツは二着。残りの一着はいまだ開封できずに保管している。人を思い遣るあたたかさと、思い上がるなという戒めを思い出させてくれる大事なタイツなのである。まるで父親みたいだったな、と少し泣けてくる。

＊

「みんな、夜遊びを、しなくなっちゃったなあ」

今井杏太郎さんは、そんなことをよく口にしていた。杏太郎さんと銀座で夕飯を食べる話は以前に書いたが、夕飯のあと、次にどこに行くか。これが、いつもすんなりとは決まらなかった。

最後に行くのは、「ニューアスコ」というお店。これは決まっているのだが、杏太郎さんは、そこになかなか行こうとしないのである。

いま思うに、杏太郎さんは時間稼ぎをしていたのかな、とも思う。夕飯のあと直行してしまうと、早い時間に切り上げることになり、早く帰ることになる。それが嫌だったのかもしれない（これでは帰宅拒否症候群だが、私はそれとも違うと思っている）。

たとえば、銀座の日航ホテルの二階にあるレストランで夕飯を食べる。ここは杏太郎さんの行きつけの店で、パスタを食べる。「ニューアスコ」はすぐ向かいのビルにある。しかし、直行しない。

「画廊でも、覗いてみますか」

のんびりと歩き始めて、何軒かの画廊に入る。店主がいると、短い会話を交わす。

「好きな絵があったら、買うといいよ。絵はいいからね。私も何枚か持っているよ」

いきなりそう言われても、私に絵画を買うお金などあろうはずがない。

かばん屋に入ってみたり、花屋の花を見たり、あるときには風鈴売りが出ていたのでひとつ購入し、そのおじさんと道端で話し込んだりしていた。

スペイン料理の店に突然入り、開店前だったので「夕方の開店は何時ですか」とたずねて、「今度、来ます」とメニューをもらって来たこともあった。

いまでは、なつかしい思い出だが、当時の私はただ杏太郎さんに付いていくだけだったので、相当くたびれた様子を全身に漂わせていたと思う。

いま、こんな風にも思ってみる。遠慮して食べたいものもはっきりと言えない反応の鈍い私を、杏太郎さんは持て余していたのではないだろうか。私は、もっと貪欲に、快活に接すればよかったのだろうか。

そんなことを、いまごろになってなぜ思うかと言えば、「ニューアスコ」に行くまでの杏太郎さんの行動を思うにつけ、杏太郎さんもあまり楽しくなかったのではないかと気がついたからである。私は取り返しのつかないことをしたのかもしれない、と思えてくる。

いろんな店をうろうろしたのは、私への思いやりではなかったか。つまり、銀座にいるときくらい仕事から解放してやりたい、何か楽しい時間をもたせてあげたいという思いから、私の興味のありそうなところを連れまわしたのではなかったか。そう思うことは、私にとって少しつらいことなのだが、そんな気がしてならない。

「シーホース」という店には、何度か立ち寄った。以前は、銀座の別の場所にあり、夫婦で切り盛りして繁盛している居酒屋だった。そこの明るい女将《おかみ》さんが急逝し、しばらくしてマスターが同じ銀座の別の場所に開店したと聞いて、「開店のお祝いに行くから、付き合いなさい」と杏太郎さんから言われ、同行した。

前の店より少し狭くなったが、新装の店内は綺麗で美しかった。席に案内されて、近況を短く交わしたあと、杏太郎さんは祝儀を渡していた。

「先生、お任せでいいですか」とマスターが声をかける。「ああ、いいよ」と杏太郎さん。

その後、おつまみからサラダ、お肉まで、すらすらと出てくるのである。常連というのは、こういうことなのだと知らされた。だいたい八時を過ぎるころになると、ようやく足が「ニューアスコ」に向かうのである。

「ニューアスコ」のことを書くつもりが、だいぶ道草を食ってしまった。

杏太郎さんと夕食を共にした日航ホテルは、平成二十六年に閉館した。杏太郎さんは、幸いにしてこのホテルの終わりを知らずに済んだ。いまごろは、天空の俳人たちを誘って、パスタをおいしそうに食べているに違いない。

いずれ、私にもお誘いが来るのだろうか。

＊

「ニューアスコ」は、東京・銀座八丁目にある。

今井杏太郎さんによれば、もともと「アスコ」という名の店が、同じ銀座の別の場所にあり、俳人の集まるスナックとして知られていたという。

「あのころはカラオケなんてなかったから、興に乗じて歌いたい人は、流しの人に伴奏してもらっていた。ギターのSさんと知り合ったのも、アスコだったよ。彼は伴奏も上手だったが、自身の歌も当時からプロ級だったよ」

その「アスコ」が事情により閉店することになり、店に出入りしていた流しのSさんが後を引き継ぎ、夫婦で始めたのが「ニューアスコ」だった。

店内は、ボックス席とカウンターがあり、二十名くらい入るといっぱいになってしまう。Sさんの職業柄なのか、店内のカラオケセットはとても豪華なもので、お客さんは入れ替わり立ち替わりカラオケを楽しんでいた。

私は杏太郎さんとしか行ったことはないが、ほかの俳人の姿は見なかったように思う。昔の好《よしみ》で、「ニューアスコ」にも通い続けた杏太郎さんは、なんと義理堅い人だったのだろう。

この店に杏太郎さんが通い続けたのには、もうひとつ理由がある。他人の歌を聞くのが楽しみだったのである。杏太郎さんは、歌を聞くのが本当に好きな人だった。

イントロが流れると、会話を中断して一心に耳を澄ませる。メロディーに聞き入り、テレビ画面に映る歌詞をじっと目で追い続ける。そして突然、ペンを取り出し、手近にある箸袋の裏の余白にメモを書き始めるのである。

「何を、書いているんですか」

「歌詞というのは、選び抜かれたことばなんだ。そのことばを借りて、俳句を作っているんだよ」

そんな俳句の作り方もあるのか、と正直驚いた。

頼んで見せてもらうと、たしかに歌詞の一節が含まれている俳句である。しかし、歌詞だと言わなければ分からない俳句でもあった。

「これ、もらってもいいですか」

「駄目だよ。これをもとに推敲するんだから」

と、さっと胸ポケットにしまわれた。

それでも何回か「いいよ」と渡してくれたことがあり、そんな数枚が手許に残っている。黒の万年筆で走り書きのように記された俳句の初案は、いまも輝きを失わず、まるで杏太郎さんのつぶやきを聞いているような気分になる。

しかし杏太郎さんは、歌詞の入った俳句（歌詞とは分からないのだが）を句集に収めることはなかった。理由は、いまも分からない。

杏太郎さん自身がマイクを持って歌うことはほとんどなかったが、ごくまれに、ママさんに勧められて歌うこともあった。私の聞いた杏太郎さんの歌は、「ブルー・ハワイ」と「昭和枯れすゝき」。洋楽と演歌の二曲が持ち歌というのも、いかにも杏太郎さんらしくて嬉しくなってしまう。

杏太郎さんからCDを渡されたことが、二度ある。

最初は、田川寿美《としみ》の「花になれ」。これはNHKの時代劇ドラマ「御宿かわせみ」の主題歌で、「いい歌だから、早く覚えて、ここで歌ってくれ」と言われ、半月後くらいに披露した。

二度目は、水森かおりの「鳥取砂丘」。この歌は、「ふたりのビッグショー」という番組を見て感動し、「きょう、ここに来る前に買ってきたんだよ」と渡された。この曲は残念ながら正確に覚えることができず、披露できなかった。そのことを、私はいまでも少し悔やんでいる。

ほかに杏太郎さんの好きな歌は、「五番街のマリーへ」とか、小椋佳《けい》の一連の歌だった。好きな歌を聞いているときの杏太郎さんの表情、そのなんとも言えない笑顔を思い出すと、懐かしさと哀しさで、胸が締めつけられる。

夜の九時くらいになると、帰り支度を始める。店を出て新橋駅まで、ふたりでゆっくりと歩く。

あるときの帰り道で、こんなことを言われた。

「男は、夜遊びができなくちゃだめだよ。年を取ったら、なおさらだ。それも、〈ひとり遊び〉ができなくちゃなあ」

このことばは、その後の私の人生にボディーブローのように効いてゆくことになる。

男の晩節はさみしいが、少し強がって、粋に生きること。そんな人生指南だったのだと。

＊

「まず、〈来てみれば〉と置くんだよ」と、今井杏太郎さんは話し始めた。

場所は、千葉県の犬吠埼灯台のそばにある和風旅館の一室。目の前に、波光きらめく海がひろがっている。「魚座」の有志による一泊吟行会。夕食を待つあいだ、杏太郎さんと雑談していたときだった。

「ここに着いて、何か感じたかい」

「目の前の海がキラキラと輝いて、綺麗だなと思いました」

「それを、俳句にすればいいんだよ」

そう言って突然、「まず、〈来てみれば〉と置くんだよ」と、言い始めたのである。

「とりあえず、〈来てみればきらきらきらと春の海〉とでもしておくんだよ。それから、上五を変えてみる。〈さつきから〉とすると、時間の経過が分かる。〈きのふから〉とすれば、さらに時間が積み上がるだろ。中七は後日、再考すればいい。ほら、簡単だろ？」

いや、そんなに簡単な話ではない。簡単だと思えるのは杏太郎さんだからであって、同じことが私にできようはずがない。さらに、杏太郎さんの発言は続く。

「俳句の上五は、導入部。音楽でいえばイントロなんだ。あまり強いことばは使わない方がいい。そして、中七で自分の言いたいことを述べる。中七はサビの部分。最後の下五は季語を置いて、きちんと締めくくる。これが、俳句では一番安定する型なんだよ」

たかだか十数分のことだったが、妙に鮮明に覚えている。いま思い返すと、杏太郎さんは私に俳句を教えたかったのかもしれない。句作の楽しさを知ってほしかったのだと思う。

杏太郎さんから、正式に俳句指導を受けたことは一度もない。実作を勧められたことはあるが、一向に作ろうとしない私を見て、諦めたのだと思う。ふたりだけで、俳句らしい話をしたのは、犬吠埼が最初で最後だった。

あのとき、「もっと、教えてください」と言えば、杏太郎さんは教えてくれただろうか。おそらく、教えてくれただろう。しかし、最後に必ずこう言ったはずである。

「俳句は、作者の息遣いなんだ。石井君の息遣いが大事なんだから、最後は君が決めるんだよ」

「息遣い」ということが当時、まったく分からなかった私は、そんな風に言われて突き放されてしまうのが分かっていたので、実作を放棄したのかもしれない。

時間をずらした杏太郎さんの実作例を、一句挙げる。

十日ほど前にも蓮の実は飛びぬ　杏太郎

なんともすごい上五である。この句は蓮《はす》の実が飛んでいることしか詠まれていない。しかも、いま、目の前で飛んでいるのである。そして、十日前も。

ゆっくり声に出して復唱していると、杏太郎さんと一緒に、実際に蓮の実の飛ぶ光景を見ている気になってくる。

この句は杏太郎さんの代表句でもなく、ごく普通の句なのだが、まるで手品を見ているように、魔術的なことばの斡旋が施されている。

杏太郎さんは、私と「俳句」の話がしたかったのだろうか。そうだとしたら、杏太郎さんは、どう切り出してよいか迷っていたのだろうか。私は私で、「俳句」について、どう訊いたらよいのか分からないでいたのかもしれない。

『今井杏太郎全句集』（二〇一八年、角川書店）に、こんな句がある。

ゆふぐれの海の岬の秋のこゑ　杏太郎

海が好きな杏太郎さんらしい一句である。

「ゆふぐれ」「海」「岬」を、「の」でつないでズームインしていくこの句は、すべてが「秋のこゑ」に収斂《しゅうれん》してゆく。そして再び上五に戻り、「秋のこゑ」が、大景の海や岬や夕暮れを包みこんでゆくのである。

「秋の声」という季語は、具体的な秋の音だけでなく、心耳でとらえた秋の気配にも使われる。そうだとしたら、杏太郎さんが聴いていただろう「秋のこゑ」は、なんと奥深く、さみしいものだったのだろう。

私が早くから、杏太郎さんの心の耳に気づいていたなら、もっとたくさん俳句の話ができたのかもしれない。そう思うと、しんしんと、さみしくて仕方がない。

＊

「新しい句集を作るので、手伝ってくれないか」

今井杏太郎さんから、そう言われて、何をするのかも分からないまま、指示された東京・銀座の喫茶室「ルノアール」の個室を三日間、予約した。

新しいこの句集は、角川書店でなく他社からの刊行なので、私は文字通り、お手伝いである。

初日に現れた杏太郎さんは、鞄から小さな切短冊を大量に取り出した。一枚の大きさは、B5判のコピー用紙を八等分したくらい。その一枚一枚すべてに、自筆で俳句が記されている。その数、四百枚くらい。概ね四季別に分類されていて、まずは「春」から順次並べていく。つまり、この喫茶室で、句集に入れる句の配列を決めてしまおうというのである（杏太郎さんの句集は、すべて四季別で、一頁二句組みの構成である）。

目の前に並べられた短冊を、杏太郎さんがどんどん抜いていく。それを私が受け取って、頁ごとに二句ずつ並べていく。それを杏太郎さんが確認して、決定とする。こんな作業が、延々と続いた。杏太郎さんがいちばん苦慮したのは、各季節の冒頭と掉尾《ちょうび》の二句、それから、ひとつの季節をゆるやかな流れにすることだった。

初春から始まり、仲春に植物が欲しくなると、順番を入れ替える。入れ替えたときに、隣り合う句と類似表現があると、推敲して訂正する。また、たとえば「春に入る」という俳句を入れたいが、それが見当たらないときは、驚くべきことだが、冬の短冊の中に「冬に入る」という句があれば、「春に入る」に直してしまう（もちろん良い句になる場合のみだが）。こうした光景は私にとって衝撃で、淡々と決めていく杏太郎さんの寡黙な表情とともに、強く印象に残っている。

初出の句形にこだわらない。季節のゆるやかな流れを重視する。見開きの四句をまるで一枚の絵画のように構成する。そんな作業が中心だった。一連の作業から、私が得たものは計り知れない。しかし、杏太郎さんが詳細を私に語ることはなかった。

三日間で、予定通り終了。数日後、電話が入った。

「出版社に、句集の原稿を渡したよ。いろいろと、ありがとう。御礼をしたいのだが、何がいいかな」

普通ならば「何も、いりません」と答えるところだが、私は少し前から考えていたことを口にした。

「短冊を、いただけますか」

「いいよ。何を書くんだ？」

「一月とか二月とか月名の入った句を、一月から十二月まで、十二枚書いてほしいのです。毎月、取り換えて飾りたいんです」

「面白いね。だが、一年全部あるのかい？」

「それなんですが、九月だけ無いのです」

「そうか。ならば、九月は新しく作るから、ほかの月の句を全部教えてくれ」

快諾をいただいたものの、私は結局、染筆を頼むことができなかった。杏太郎さんの労力を考えると、あまりにも失礼なお願いだと思ったからである。

私の選んだ「杏太郎俳句十二か月」は、次の通りである。

一月の草のさびしい嵐山　杏太郎
くれなゐの蕾の花の梅二月
三月の雪はりんごの木に降りぬ
四月一日とまり木といふさびしき木
うつくしき五月よ竹の籠を買ひ
六月の雨のジブラルタル岬
七月に大きくなつてゆく雀
八月の水の入つてゐる枕
十月の十日をマキシムド　パリに
むささびの鳴いて十一月の山
夕茜して極月の十四日

この十一句を見ていると、在りし日の杏太郎さんの姿が鮮明に蘇ってくる。なつかしい声が聞こえてくる。

杏太郎さんが亡くなったとき、私は通夜にも告別式にも行かなかった（いや、行けなかった）。きちんと杏太郎さんとお別れをすることができなかったのである。

それゆえなのか、私のなかで杏太郎さんは、いまでも未完結のまま生き続けている。

〈コーヒーブレイク〉　恵存

私が井本農一《いもとのういち》先生と初めてお会いしたのは、平成二年ごろのこと。『俳文学大辞典』（平成七年）の編纂を始めるにあたり、監修者のお願いに伺ったのが最初だったと思う。

学問に対して厳しい先生だと聞いていたので、緊張してお目にかかったが、先生は新米編集者に大変優しく接してくださった。笑顔を絶やさない温厚な人柄に、失礼な言い方かもしれないが、その場でファンになった記憶がある。

先生は、芭蕉の研究でつとに知られ、お茶の水女子大学教授を定年退官後は、実践女子大学学長などを務められた。また、学究と並行して俳句も実作され、このときすでに句集『遅日の街』（昭和五十二年）を刊行されてもいた。大正二年生まれ。平成十年に亡くなられた。

辞典編纂中のある日、先生から第二句集『微茫《びぼう》』（平成三年）の恵贈を受けた。そのころの私は、俳句のことは何も分からなかったが、貼箱入りの瀟洒な本のたたずまいに感動し、そこに先生の風貌を重ねてみたりしていた。

あるとき、あるパーティーに先生が出席することを知り、私は頂戴したこの句集を持って会場に出掛けた。立食形式の会で大変混雑していたが、なんとか先生を見つけ、辞典へのご協力をお願いしたあと、句集を先生に見せながら、あろうことか私は先生にサインをお願いしたのである。

先生は嫌な顔ひとつせずに、立ち姿のまま、胸ポケットからボールペンを出され、さらさらと署名してくださった。

帰宅して、その筆跡を見て、私は驚いてしまった。

句集の見返し部分の下部に「農一」と自署、上部に「石井隆司様」とあり、その左隣に「恵存」と添えられてあったのである。恥ずかしい話だが、私はそのときまで「恵存」ということばを知らなかった。恐る恐る辞書を引いて、意味を知り得たときの第一印象は、「なんて、カッコいいんだろう!」という感動だった。

「恵存」とは、「けいそん」または「けいぞん」と読む。意味は、「自分の著書などを贈るときに、相手の名前の脇に書き添える語。〈お手許に置いてくだされば幸いです〉という意」と辞書にある。

もとは中国のことばらしいが、池田弥三郎《やさぶろう》『暮らしの中の日本語』(昭和五十一年)という本によれば、目上の者が目下の者に、あるいは先輩から後輩に対して、「取っておけよ」というような意で使う語だという。井本先生が、私に恵存と書いたことが、とても頷ける。

早速私は、架蔵する「謹呈署名入りの句集」を確認してみたが、残念なことに多くの句集にこの語はない。現代俳人の句集の署名パターンは、謹呈著名、自署、まれに「著者の一句」というのがほとんどである。のちに、国文学者の尾形仂《つとむ》先生からいただいた署名本には、私の名前の横に「恵存」とあった。

古書店から購入した鈴木真砂女さんや草間時彦さんなど明治・大正生まれの俳人の句集には、署名に「恵存」の語が見える句集がまれにある。しかし、これらは著者から先輩に宛ててか、大御所の作家に謹呈したものであるため、謙遜する意味でこの「恵存」を使っているのだろう。私の頭は混乱した。つまり目下の者が目上の者に「謙辞」として、この語が一般的に使えるかどうかが私には分からないのである（辞典類も、この点は確定させていない）。

その後、池田弥三郎氏の著作を読み返していたら、氏は後年、「〈恵存〉についての追記」という一文で、「今日、謙辞として通用し、慣用していれば、それはその限りにおいて、あやまりではありません」と記している。これは謙辞として使用を認めたということであろう。

もしも私に著書があったなら、「恵存」と書き添えてみたいという誘惑に駆られる。井本先生が示した奥ゆかしい日本語の伝統と礼節に応えてみたいと思うからである。

書庫の窓少しきしみて竹の秋　井本農一

先生にとって俳句は、多忙な研究生活や膨大な読書の繰り返しのなかでの、心やすまる余技であり、「恵存」は先生の心の余裕を示す一語だったのだと思う。たったひとつのことばの筆跡でも、教えていただいたという感謝の気持ちを持ち続けることができる。私にとって「恵存」とは、先生から教えられた風雅なことばとして、忘れ得ぬ恩寵の一語となっている。

かたつむり——飯田龍太

飯田龍太（いいだ・りゅうた）一九二〇〜二〇〇七
山梨県生まれ。俳誌「雲母」主宰。日本芸術院会員。
句集『忘音』（読売文学賞）、著作『飯田龍太全集』ほか。

あのときの光景を思い出すと、凍りついた自分の身体感覚がよみがえり、いまでも身体が震えてくる。

もう二十年以上前のことなのに、なぜそんなに恐れるのか分からない。分からないのだが、その名前を目にすると、いまも反射的に身体がビクッと震えてしまう。そんな自分が、いまでもいることは確かである。

その人の名は、飯田龍太先生。

お会いしたのは、一度しかない。

私が「俳句研究」の担当になって、まだ日の浅いころのこと。ある年の、ある俳句賞の選考会場に、俳句編集者である鈴木豊一さんに連れられて、ご挨拶にお伺いした。

私は相当に緊張していたのだと思う。選考会が終わるまで、会場のホテルのロビーで、鈴木さんと待ち続けたのだが、どんな話をしたのか、まるで覚えていない。

選考が終わり、会場の扉が開いて休憩時間になったとき、鈴木さんと共に会場に入った。

龍太先生は、椅子に座られていた。鈴木さんが私の名を告げて紹介すると、少しだけ顔を上げ、一瞬だけ私を見て、即座にこう言われた。

「俳句研究」は、毎月読んでいるよ」

私は、凍りついた。いや、凍りついてしまった自分に気がついたと言う方が正確だろうか。先生に伺いたいと思っていた諸々のことが、全部すっ飛んでしまい、頭の中が真っ白になった。

極度の緊張感だった。しかし、威圧感はなかった。いま思い返すと、龍太先生の顔は、私の緊張を和らげてくれるような笑顔だった気がする。しかし、私の身体はコチコチに固まっていた。

あれは、何だったのだろう。龍太先生の居る場所だけ、強いオーラが発光されていて、私は完全に射貫《いぬ》かれていたのである。

先生は、すぐに別の人と話し始め、二度と私の方を向くことはなかった。つまり、先生とお会いしたのは、ほんの数十秒間だったことになる。

鈴木さんに促されて、私は会場を辞した。扉を閉めてロビーに戻った途端、ぐったりと疲れを感じたのを、昨日のことのように覚えている。

以来、先生の一言は、私の中で鳴り響き続けた。毎月の雑誌編集現場で、ともすれば楽をしたくなったり、手を抜きたくなるときや、すべてを投げ出したくなるときがあったが、「龍太先生が読んでいるんだ」と思うと、校了日まで全身全霊をかけて頑張ろうと、思い直すことができた。もとより私には力のないことが分かっていたので、先生の気に入るような充実した雑誌を作ることは最後までできなかったと反省しているのだが。

その後、龍太先生とは、お会いする機会も、電話することも二度となかった。

平成十九年二月二十五日、龍太先生逝去。享年八十六。

私はすぐに追悼号の原稿依頼に取りかかり、同年六月号の「俳句研究」を増頁して、「追悼　飯田龍太」特別号として刊行した。

この追悼号に寄稿いただいた原稿を読んで、驚いたことがある。さまざまな人が、龍太先生の「一瞬の一言」に驚愕し、感銘を受け、長く心に留めていたのである。

三月六日に甲府市で行われた葬送には、千七百人余の参列者があり、龍太先生に最後のお別れを告げた。

供物の一切を断り、弔辞もなし。葬儀委員長は隣組の役員。簡素な葬儀は、簡素であるがゆえに、深い哀しみと高潔が感じられた。

追悼号で井上康明《やすあき》氏は、「俳人としてではなく、あくまでひとりの村人としての葬儀。飯田龍太はひとりの村人としてその死を選びとった、そう印象づけられる葬りであった。(中略)飯田龍太という人の一生は、甲州土着の人々への敬意を胸に、その中のひとりとして生きることであったのだ」(「木犀と豚」)と記している。

葬儀が終わり、みなが駅までの道を黙々と歩いてゆく。哀しみを心中に収め、しかし不思議なことに、みなうつむかず、背中を伸ばして真っ直ぐに歩いていた。

そういうことだったのかと、突然、天啓のように気づかされる。龍太先生の一言は、俳句に携わる者への鳴り止まぬ鼓舞であり、大いなる励ましであったのだ、と。

余談だが、龍太先生の俳句について、個人的な思い出を記させていただく。

高校生のころ（あるいは大学時代だったか）、そのころ定期購読していた新潮社の「波」というPR誌の表紙に一枚の色紙が載ったことがある。

かたつむり甲斐も信濃も雨のなか　飯田龍太

ちょうど梅雨どきだったせいか、あるいは自分が自信喪失の時期だったのか、まるで小さな「かたつむり」が甲斐や信濃の山々と正面から対峙して踏ん張っている光景が浮かび、とても励まされた。作者名は忘れてしまったが、俳句だけは脳裏に深く刻まれた。俳句の仕事を始めてすぐに、この作者が龍太先生だったと知り、とても驚いた。

もうひとつは後年のこと。

水澄みて四方《よも》に関ある甲斐の国　龍太

という色紙が石和《いさわ》温泉のある旅館に掲げてあった。じっと眺めていたら身中に清々《すがすが》しい気分が広がり、「水澄む」という秋の季語の本意を実感したように思えた。

ふたつの句は、いまでも私の愛唱句であり続けている。

ゆっくり曇る――廣瀬直人

廣瀬直人（ひろせ・なおと）一九二九〜二〇一八
山梨県生まれ。俳誌「白露」主宰。句集『風の空』（蛇笏賞、小野市詩歌文学賞）、著作『俳句実作入門』ほか。没後『廣瀬直人全句集』刊。

「全力投球だよ」と廣瀬直人さんは、力強く言われた。

平成十四年の秋、「俳句研究」のグラビア撮影のため、山梨県一宮《いちのみや》町（現笛吹市）にある廣瀬さんの自宅をお訪ねした。

それまでも廣瀬さんとは、俳句研究賞の選考会や蛇笏《だこつ》賞の懇親会などでお目にかかる機会はあったが、ゆっくり話したのは初めてだった。

調べてみると、廣瀬さんは七十三歳。私は四十八歳。二十五歳という年齢の開きがある。このとき廣瀬さんから聞いた話に私は感銘を受け、グラビアを掲載した「俳句研究」平成十四年十二月号の「編集室から」（編集後記）に、次のように記している。

今号の巻頭口絵にご登場いただいた廣瀬直人氏の回想談。「僕が〈雲母〉にいたころ、総合誌から原稿依頼があったことを龍太先生に伝えると、先生は〈とにかく全力投球だよ〉と言って励ましてくれた。先生のその時の声は今も耳に残っていますよ」

廣瀬さんの、飯田龍太氏を思う心の深さを、改めて知らされた発言だった。そして、俳句の世界において師とは、単なる俳句の先生ではなく、その人の人生の師でもあることを教えられた瞬間でもあった。そうでなければ、一言一句、師のことばを覚えていられるはずがない。

途中から、廣瀬さんはくだけた口調になり、「ほぅ、ずらぁ」などと言い始めた。「ほぅ、ずらぁ」とは「なあ、そうだろう。そう思うだろ?」という意味合いの甲州弁である。私にとって親しい方言だったので、廣瀬さんとの距離がさらに近くなったように感じた。

余談だが、私は神奈川県生まれだけれども、高校は隣県の山梨県大月市に越境通学していた。同級生のほとんどが山梨県内出身者のため、授業中も休み時間も、甲州弁が飛び交っていた。さらに余談だが、高校時代の、友人らが集まる会での「最後の締めの歌」は、「甲斐の山々、陽に映えて」で始まる「武田節」と決まっていた。これまで何度、放歌高吟《ほうかこうぎん》したことか。歌の途中に入る詩吟のフレーズも含めて、いまでも最後まで歌うことができる(あまり自慢にはならないが)。

さて、撮影に伺ったときの廣瀬さんは、第五句集『矢竹』を刊行し、自ら主宰する「白露」が十周年を迎えるときだった。雑談が一息ついたとき、思いきって尋ねてみた。

「廣瀬さん、次の主宰は誰を考えていますか」

思えば、現主宰に対して失礼な質問である。しかし廣瀬さんは嫌な顔ひとつせず、こんな風に言われた。

「いちばん良いのは、二十歳くらい離れた人なんだよ。このくらい離れると、上の者は親身になって教え、下の者は謙虚に聞いてくれる。だから、そんな人に継いでもらいたいと思っているよ」

二十歳くらいの年の差が良いという信念に近い思いは、よく考えてみると根拠がないのだが、妙に納得できるところがあった。当時、私が親しくさせていただいていた俳人のほとんども、二十歳以上離れた年上の方々だった。

廣瀬さんのグラビア写真は、自営する葡萄園での一枚と、自宅から数分の日川《ひかわ》での一枚を掲載した。

この日川を上流に遡《さかのぼ》ると、戦国大名の武田勝頼が生涯を終えた「武田氏滅亡の地」に行き着くという。当時は俳句の話に夢中になり、武田氏の話を聞きそびれてしまった。「武田節」も一緒に歌いたかった、と悔やまれてならない。

平成三十年三月、廣瀬さんは静かに亡くなられた。律儀と誠実と一徹を持ち合わせた気骨の俳人の最期だった。

主宰した「白露」は終刊になり、後継誌として「郭公《かっこう》」が創刊され、井上康明さんが主宰に就いた。廣瀬さんと井上さんは、二十三歳違いである。

令和二年、廣瀬さんの三回忌にあわせて、『廣瀬直人全句集』が刊行された。巻頭には、先の葡萄園での写真が収められている。あれから二十年余。廣瀬さんの笑顔の一枚を見ていると、ふるさとの地に歩を固めて地道に生きることがどれほど素晴らしく、美しいことかということが、よく伝わってくる。

廣瀬さんの代表句に〈正月の雪真清水の中に落つ〉〈空が一枚桃の花桃の花〉や、師を偲《しの》んだ句〈蛇笏忌の赤土踏まれ踏まれ昏る〉〈晩春の山があり大きな死あり〉などが知られている。それらの代表句のほかに、私が好きなのは、甲斐の風光を詠みこんだ次のような自然詠である。

帰り花空は風音もて応ふ

夕暮は雲に埋まり春祭

稲稔りゆつくり曇る山の国

冬来るぞ冬来るぞとて甲斐の鳶《とび》

山国にがらんと住みて年用意

七十年余、ふるさとに住み続け、身ほとりの山川草木から得た新鮮な感興を、平明で滋味溢れる俳句に紡いでこられた。甲斐の風土が眼前に迫ってくる自然詠に身をゆだねていると、在りし日の廣瀬さんの姿がありありとよみがえってくる。

そして、突然、廣瀬さんの声が届く。

「石井君、全力投球だよ」と。

川のきらめく街——林　徹

林徹（はやし・てつ）一九二六〜二〇〇八
中国山東省生まれ。俳誌「雉」主宰。句集『飛花』（俳人協会賞）、著作『雉山房雑記』ほか。没後『林徹全句集』刊。

「石井さん、あなたがうらやましい。俳句総合誌の編集という仕事は、私たち俳人にとって憧れの職業なのですよ」

林徹先生はそう言って、にっこり微笑まれた。

平成十三年、写真撮影後の喫茶室でのこと。この日、「雉《きじ》」東京句会に出席するために広島から上京された先生に、少しの時間を頂戴し、写真を撮らせていただいた。夕方からの撮影になってしまい、先生の顔に時折西日が射しこんでいたのを覚えている。この写真は、「俳句研究」同年五月号の巻頭を飾った。

このとき先生は七十五歳、私は四十六歳だった。

大家の俳人が、三十歳も年下の息子世代といってよい年齢の、しかも雑誌経験は一年少々しかない駆け出しの編集者に、敬意をこめて、静かにそう言い含めたのである。私は返すことばがなく、ただおろおろするだけだった。

「今月の顔」というこの巻頭写真シリーズは、毎月、話題の俳人に撮影のお願いをしていた。入選に始まり、依頼の電話連絡、撮影地の決定、カメラマンの手配、そして撮影当日、と事務連絡が煩雑で気苦労が多かったが、やめようと思ったことは一度もない。撮影の日に、その俳人と雑談する時間をもてるのが楽しみだったからである。

林徹先生の第四句集『飛花《ひか》』が俳人協会賞に決まったとき、次の撮影は徹先生にと思ったのだが、私は先生と面識がなく、先生は広島に住まわれていた。撮影だけの用件で広島出張を会社に申し出ることは、当時の私にはできなかった。私は雑誌経験一年足らずの臆病な編集者だった。

撮影をあきらめかけていたとき、当時、編集部におられた鈴木豊一さんから「林徹さんは東京で句会を持っているはずなので、その折に撮影を頼んでみたら」というアドバイスをいただいた。私は、そんなことも知らなかった。

無事に撮影の許諾をいただき、東京・文京区の東京弥生会館を先生から指定された。ここは、先生の東京の常宿だった。待ち合わせの時間にロビーに着くと、すでに先生は到着されていた。椅子に座らずに、立ち姿のままで待ってくださっていたらしい。私は恐縮し、緊張した。

「林徹先生ですか。石井です」

「広島の林でございます。本日はお世話になります。よろしくお願いいたします」

こんな普通の会話をなぜ覚えているかといえば、先生は直立不動の姿勢のまま挨拶を述べ、その後、深々とお辞儀をされたからである。そんな対応に、私は心底びっくりした。

深々とお辞儀すべきなのは、私の方なのである。

撮影後、先生と喫茶室で初めて話すことができた。謙虚な姿勢のまま、低音だがよく通る声で、静かにゆっくりと話される先生の独特な口調は、聞く者が無意識で聞きほれてしまう、しなやかで不思議な魅力があった。そのとき私は、先生が癌の手術後の回復期であること、先生ご自身は耳鼻科の医師であることなどを初めて知った。

俳句についても、何の衒《てら》いもなく話してくださった。

「私は俳句に深入りしたお陰で、少しはよい人間になれたのではないかと思います」

そんな先生のことばを覚えている。何の疑念もなく、土にしみ入る慈雨のように私の心に響いたからだろう。

先生は、巻頭写真にこんな短文を寄せている。

この三月、満年齢七十五歳となった。この年齢になると親が健在という人はめったにいないと思うが、私もとうの昔に父、母、姉、兄を失い、年長の身内は一人もいない身である。

しかし人間というものは、まだ自分の番ではない、あの人がいるではないかという思いをいつでも持っているものであって、さしずめ私にとってその人は、風木舎主人沢木欣一先生並びに同年輩の俳壇諸先達ということになるが、あの年代はあの年代で、まだまだ自分の番とは思っていないだろう。

（「自分の番」）

時の流れは無情で、非情である。短文に記された沢木欣一氏は、この年の十一月に逝去。徹先生も、七年後の平成二十年に泉下の人となってしまわれた。

写真に焼きつけられた七十五歳の先生の姿は、「男の顔は履歴書」ということを証明するかのように、やさしく、永遠に微笑み続けている。

＊

木《もく》犀《せい》や川のきらめく街に住み　林　徹

昭和五十五年作。広島に移住して九年、生活者としての安堵感と、内に秘めた厳粛な思いが窺《うかが》える一句である。

この句は第三句集『群青』（平成五年）に収められている。この句集には〈鶏頭の影地に倒れ壁に立つ〉〈炎天や生き物に眼が二つづつ〉〈広島忌雷雨となりて海叩く〉などの代表句がひしめいているのだが、この句は先生のやさしい眼差しと素顔が垣間見えるようで、私の愛唱する一句である。このとき先生はまだ「風」同人だった。

昭和六十年、沢木欣一・細見綾子を師系とする「風」の僚誌として、俳誌「雉」を広島で創刊し、主宰となる。

「風」に連なる俳誌は、ほかにも「伊吹嶺《いぶきね》」「風港《ふうこう》」「きたごち」「春耕《しゅんこう》」「万象《ばんしょう》」「山繭《やままゆ》」「りいの」(順不同)などがあるが、この「風」系の俳誌のなかで、早い時期にお会いした主宰者のひとりが徹先生だった。

記憶が確かではないのだが、広島で行われた「雉」十五周年祝賀会に私は出席しているように思う。しかし極度に緊張していたのか、細部の記憶がほとんどない。ただ、徹先生のやさしい口調だけを覚えている。

当時、「雉」のなかで旧知だったのは、同誌の同人の鈴木厚子さんだけだった。これは、厚子さんの句集『鹿笛』を私が担当したからである(この句集が私の初めての担当句集である)。祝賀会当日には、厚子さんにことのほかお世話になった。

余談だが、私たちマスコミ関係者が結社の祝賀会に招かれると、「来賓挨拶」という祝辞を依頼されることが多い。ほとんどが当日、突然の指名である。

こうした慣習すら知らなかった私は、事前に原稿を用意することもできず、この「雉」の祝賀会でも、しどろもどろの挨拶しかできなかった。想像するに、私の下手な挨拶を聞いて、徹先生は「これは何とかしなくては」と思ったのではないだろうか。

その祝賀会のあと、駅に向かう帰路の途中で、私は突然思いついたことを厚子さんに話してみた。

「徹先生の句会を見学することは、できますか」

その後、どういう経緯で実現に漕ぎつけたのか分からない。私の記憶は、いきなり句会場に転換してしまう。

句会の席で、いまも強く覚えているのは、先生が厳しい人だと納得させられたことである。温厚で、口数の少ない、柔和な印象の先生から、俳句に対する厳しい批評が容赦なく発せられる。そのたびに、私は驚き、すこし怯えた。濃密で驚愕の時間だった。原爆忌の俳句が投句されていたのを覚えているので、初秋のころだったのかもしれない。

「あなたたちは、安易に原爆忌の俳句を作ってはいけません。なぜなら「雉」は広島の俳句結社なのですから」

そんな発言を覚えている。

句会が終了すると、またもとの柔和な顔の先生に戻り、酒杯を傾けながら、にこやかに談笑が続いた。

いまでこそ、こうした毅然たる態度は当然と思うようになったが、そうした「俳人のあるべき姿」を、眼前で実像として見せてくれた最初の俳人が、徹先生だった。

その後、先生が亡くなるまでの五年間くらい（そのくらい短かった）、先生はさまざまな風景を見せてくださった。そして、たくさんの会員に引き会わせてくださった。

俳句結社は、周年の記念祝賀会とは別に毎年、会員が一堂に会する全国大会を開催することが多い。これは会員相互の親睦と、主宰と会員の絆を深めるために行われる。この全国大会には来賓は招かないのが通例だが、徹先生は私を数回呼んでくださった。「会員の生の声を聞きたい」という私の願いを聞き入れてくださったのだろう。

なぜ、そんなに親切にしてくださったのか。

それは、当時の私を見て不安を抱き、このままでは担当する俳句総合誌が脆弱《ぜいじゃく》になってしまうことを憂慮したのだと思う。私個人ではなく、総合誌のレベル維持のために、たまたま担当になった私を鍛えようと思われたのだろう。

徹先生は、どんなに懇意になっても、作品依頼等を強要したりする人ではなかった。潔癖な人だった。だからこそ、不肖《ふしょう》の私が選ばれた。そんなあたたかい思いやりに、いまごろになって気づかされている。

私は、先生の期待に応えられたのだろうか。

*

広島湾の北西部に位置する厳島《いつくしま》（宮島）は、古代から島全体が自然崇拝の島として知られている。また、「安芸《あき》の宮島」として日本三景のひとつにも数えられている。

平成十八（二〇〇六）年七月、この厳島での「雉」吟行会に同行する許可をいただいた。私にとっては、初めての場所。きっかけを作ってくださったのが林徹先生だった。

「「雉」の人たちの話を聞きたいと言っておられましたね。宮島にも会員がおりますので、お会いになりますか」

いつものように丁寧な口調で、先生はそう言われた。

そのころの私は、俳句の「何」が人を夢中にさせるのか分からず、真相を知りたいと思っていた。そのためには主宰者でなく、会員の方に話を聞いてみたいと思っていた。

蒸し暑い夏の一日だった。私の気持ちは、初めての厳島に向けて少し緊張し、興奮していた。

JR広島駅から山陽本線で約二十分、宮島口駅で下車し、海をめざしてまっすぐに道を歩く。五分くらいで、宮島口桟橋に到着。ここからフェリーに乗り、十分前後で厳島に着くのである。

島が近づくにつれて、海の中に屹立《きつりつ》する朱塗りの大鳥居が、船の揺らぎとともに、しだいに大きく、くっきりと目の前に現れてくる。このときの感動を、どんなことばで表せばよいのだろう。文字通り、私はことばを失った。

当日の吟行会の参加者を列記すると、深海利代子さん、陣場孝子さん、児玉幸枝さん、迫田浩子さん、篠崎順子さん、亀井芳子さん、浜田千代美さん、藤井亮子さん、武井法子さん、山崎敏子さん（順不同）。厳島在住の方がほとんどである。ほかに広島から林晴美さん、鈴木厚子さんも合流してくださった（氏名が正確に分かるのは、このとき私の撮った集合写真が「俳句研究」に掲載されているからである）。

島内を散策しながら、道々さまざまのことを教えていただいた。驚いたのは全員が俳句と出会ったことに感謝を述べ、徹先生への深甚なる謝辞をくり返し述べられたことである。それは世辞などではなく、率直な本心に思われた。

吟行に参加した人たちは、もとはといえば他人である。その人たちが、俳句を仲立ちにして、こんなにも強い絆で結ばれている。そのことに驚愕し、私は恥じた。

私の当初の目論見は、なんと浅慮で短絡した、思い上がった理屈だったろう。俳句を分かるには他人に訊くのではなく、自分が（自分から）俳句を愛すればいいのである。そんな大切なことを教えられたのも、この吟行会だった。

常識も分別もある大人を、こんなにも夢中にさせる俳句とは、なんとすごいのだろう。「俳句とは何か」ということは分からないけれど、俳句を愛する人たちに寄り添っていくことなら、私にもできるかもしれないと思った。

夜は、夕食を兼ねた懇親会が開かれた。徹先生が機嫌よく酒杯を重ねていたのを、昨日のことのように覚えている。

散会のあと、いったんは寝ついてみたものの、私は夜中に目覚めてしまった。夜の厳島神社を見ようと思い立ち、ホテルを出て、海をめざした。厳島神社は、静かな波の寄せる海岸に荘厳な姿を映し出していた。そのときなぜか、かつて先生と交わした会話がよみがえってきた。

「東京に出てくるつもりはないのですか」

私の失礼な質問に、先生はきっぱりと発言された。

「広島を離れるつもりはありませんよ」

その理由を、そのとき聞くことはできなかった。

このごろになって、もしかしたら、と私は思う。

もしかしたら先生は、私に厳島を見せたかったのではないだろうか。このときの吟行会は会員の紹介が目的だったが、別に、私を厳島に立ち寄らせるという思いやりがあったのではないか。なぜなら、それが私の無礼な質問への先生からの無言の回答であり、先生が広島を離れない大きな理由の一つが厳島だったと思えてならないからである。

管絃《かんげん》祭・鎮火祭・八朔《はっさく》祭など、徹先生はこの島で俳句を多く詠まれている。先生にとって厳島は特別な場所。その「特別な思い」を、私は訊いておくことができなかった。厳島神社の夜の闇のなかで、先生から信号が送られてきていたのに気づかなかった。悔しくて、哀しい。

「石井さん。広島での僕の俳句を読み返してください。そして、地方にいる俳人の心情を汲み取ってください」

そんなことばが、天上からやさしく降りてくるのである。

＊

林徹先生は、鳥のような人だと思った。正確に言えば、鳥のように見える人、ということになる。

はじめてお会いしたときからそう思い、亡くなられたいまでも、そんな風に思っている。

ただし、なんだか失礼な気がして、先生に申し上げたことはない。

はじめてお会いしたとき、対面してお互いが確認されるやいなや、先生は両手を横に大きく広げて、「石井さん」とやさしく呼びかけてくださった。そのときの先生の満面の笑みは、いまでも脳裏に焼きついている。

いつも、どこでお会いしても、先生はそんな風だった。両手を広げたその姿が、私には羽をひろげた鳥に思え、先生が近づいてくると、私の全身はやわらかく包まれてしまうように感じられた。だから、先生は鳥、人の姿をした大きな鳥なのである。

厳島の「雉」吟行会に同行したとき、翌月に金沢で先生の句碑除幕式が行われることを知った。

私は、かなり迷った末に、取材に行くことにした。迷ったのは先生の取材が立て続けになることに一抹の懸念を覚えたからだが、結局、自分の気持ちに従うことにした。

平成十八年八月五日、金沢に赴き、句碑の横に立つ先生の写真を撮影し、雑誌に掲載した。キャプション（短文）は、次のように記した（原文を改行した）。


8月5日（土）、石川県金沢市にて。「雉」主宰の林徹氏の第3句碑が金沢市中央通りの犀川神社境内に建立され、除幕式が行われた。句碑の句は、

石蕗《つはは》の花言葉短くあたゝかく　徹

金沢は徹主宰の故郷であり、終生の師、沢木欣一・細見綾子が住んだ縁《ゆかり》の地である。

このときも、先生は両手を横に大きく広げて、私を迎えてくださったのは言うまでもない。

あとで知ったことだが、この除幕式は内輪の会であり、マスコミ関係者は呼ばれていなかった。いわば、私は押しかけた格好になる。先生は、さぞ迷惑だったのではないだろうか。私はといえば、先生の困惑には思い至らず、句碑に刻まれた「石蕗の花」の句に陶然としていたのである。

なんと、やさしい俳句なのだろう。石蕗の花を見るにつけ、幼いころ耳にした短くてあたたかい金沢弁が思い出される、という句である。平成十年作。「林徹」という署名入りの俳句だが、先生の真情が溢れ出ている一句だと思う。

その後は、お目にかかる機会もなく、広島の病院に入院されたと聞き、心配していた。その矢先の平成二十年三月二十日、大腸がんにより永眠された。享年八十二。

翌四月二十二日、広島にて「偲ぶ会」が開かれ、私も参列させていただいた。そのときに、気丈に振る舞われていた林晴美夫人も、その後鬼籍に入られた。時の流れの無情を感じるばかりである。

亡くなる直前まで書き継いだ「雉」巻頭言「雉山房雑記」に、「本当の蟬」というエッセイがある（平成十九年十二月号）。加藤楸邨《しゆうそん》が高村光太郎に会ったときの話を紹介しているのだが、光太郎の話が面白い。

要約すれば、光太郎は本当の蟬を彫りたいと念じ、一所懸命に彫り上げた自分の蟬と、実際の蟬を見比べてみたが、やはり自分の彫った蟬は自然の蟬にはかなわない。そこで、何度もよく見て、彫り続けた。そうしていると、最後には、自分の彫った蟬の方が本当だと思うようになったというのである。

これを受けて先生は、「私たちは写生写生と言っているが、写されたもの、つまり作品は対象とは別個に厳として存在する一つの実在に他ならないのだ。本当の蟬はむしろこちらの方だと、光太郎に言わしめたものは、蟬の本質を捉え得たという自信であろう。詩的世界としてどちらが本物であるか、言わずと知れたことである」（要約）と記し、最後の一文をこう結んでいる。「光太郎の言葉を知り、数々の名句を胸に思い浮かべるとき、写生の徒である私の心は奮い立たざるを得ないのである」。

死を数か月後に控えた八十二歳の俳人が、「奮い立って」いるのである。最期の日まで、先生は俳人だった。

青空を飛翔する一羽の鳥。それは、私たちを見守る徹先生の生まれ変わりなのかもしれない。

最後の夕日——飯島晴子

飯島晴子（いいじま・はるこ）一九二一〜二〇〇〇
京都府生まれ。俳誌「鷹」同人。句集『儚々』（蛇笏賞）、著作『俳句発見』ほか。没後『飯島晴子全句集』刊。

遠くの方で、電話が鳴っている。

それが夢なのか、現実なのか、そのときは分からないでいた。だが、電話はたしかに鳴り続けている。

薄目を開けると、まわりは明るく見える。早朝なのだろうか。朦朧《もうろう》とした頭で私は、いま自宅にいるのだな、と理解した。

「後藤さんという方から、お電話です」

そう言われて、すばやく起き上がった。しかし、後藤さんが誰なのかは、分かっていない。

そのころは、いまのように携帯電話が普及しておらず、私は仕事柄、緊急連絡用に数人の俳人には自宅の電話番号を教えてあった。しかし、こんな早朝に誰なのだろう。俳人の知り合いに後藤さんという人は思い浮かばない。

ぼんやりと受話器を持ち、かすれた声で言った。

「はい。石井です」

受話器の向こうから、女性の声が聞こえた。

「飯島晴子の長女の後藤と申します」

ああ、後藤素子《もとこ》さん。飯島さんの住まいの隣に住み、私が飯島さんを訪ねるといつも親身に応対くださる方だ。私の頭は、このときもまだ覚醒していない。

本当は、後藤さんは一気に電話で話したのだと思う。だが、私の記憶の風景はスローモーションのように流れていて、後藤さんの声は噛んで含めるように、ゆっくりと聞こえていた。

「母が、亡くなりました。母の連絡ノートに石井さんの連絡先がありましたので、取り急ぎお知らせいたします」

——絶句した。

飯島さんが亡くなった？　うそでしょ？

一瞬、やっぱり夢だ、と思った。

飯島さんが、亡くなるはずがない。つい一週間ほど前に、インタビューの校正ゲラを戻してもらったばかりだ。元気な声も耳に残っている。混乱した頭のなかで、私は「うそでしょ。うそでしょ」と繰り返しつぶやいていた。

電話は、数分で終わった。

壁の時計を見たら、朝の六時くらいだった（と思う）。そして、そのとき初めて、外は激しい雨が降っていることに気がついた。

平成十二年六月六日、飯島晴子さん、逝去。

それからは寝付かれず、編集部に早目に出社してみても、まったく仕事が手につかなかった。夕刻になって、「やっぱり行ってみよう。断られたら、そのまま帰ろう」と心に決めて、飯島さんの家に向かうことにした。

その日はどうやってたどり着いたのか、正確に思い出せない。雨はもうやんでいたのか。六月なのでだいぶ日が延びて、夕方でも外はまだ明るかったはずである。朦朧状態のまま、飯島さんの家に着いたように思う。

じつは私の記憶は、早朝の雨景色から、急に反転して、夕方の飯島さんの家の玄関に飛んでしまっている。その間の記憶がないのである。

飯島さんは、どうして亡くなってしまったのだろう。まだまだお願いしたい仕事は、たくさんあったのに。なぜ、どうして、何も言ってくれなかったのだろう。そんな繰り言ばかりが渦巻いていた（それは何年も続き、いまでも続いている）。

当時、私は俳句総合誌の担当になって、まだ一年もたっていない新米の雑誌編集者だった。何の経験値も持ち合わせていない。俳人の死に直面したのも初めてだった。そしていま思えば、俳人の通夜に行き、葬儀にも参列したのは、飯島さんが最初だった（そして最後の人になった）。

玄関に入ると、後藤さんに右手の部屋に案内された。そこに、飯島晴子さんがいた。棺《ひつぎ》と対面した。

この日から私は折にふれ、飯島さんに問いかけ、遠くから聞こえる飯島さんの声に耳を傾けるという（まるでメビウスの輪のような）終わりなき会話を続けることになる。

それは、哀しみから受容へ、詰問から反省へ、わが身の無力から納得へと至る長く苦しい時間だった。

＊

飯島晴子さんの家に着いたものの、どうしたらいいのか分からない。私は、うろたえていた。

遺影の前でお線香をあげ、後藤素子さんから告別式の日程を聞いたり、棺におさめるものの相談などをしたような気がするが、正確には覚えていない。

しばらくすると、後藤さんのお嬢さんが現れた。飯島さんのお孫さんにあたる人で、当時、まだ中学生くらいだったろうか。祖母の死に驚いているようだった。

彼女は手に一冊の文庫本を携えていて、その本は静かに私に差し出された。

「祖母の形見として、石井さんに、この本をもらってもらえると嬉しいです」

お嬢さんと話したのは、この日が初めてである。あとで思ったことだが、なんと大人びた優しいことばだったのだろう。手渡されたその本は、数学者の藤原正彦氏が著した新潮文庫だった（残念ながら、書名は記憶にない）。

「ああ、これが飯島さんの話していた文庫本なのか」

私はまた悲しくなった。なぜこの本が、飯島さんにとって大切な一冊なのかについては、少し説明が要る。

最晩年の飯島さんは、自分の作品が情緒的になっていることに悩んでいた。しかし、俳句総合誌から求められると力強い俳句ができてしまう。飯島さんのことばによれば「体は弱っているのに、元気な俳句ができてしまう」。二重の苦しみだった。そのため、総合誌への作品発表を控え、所属する「鷹」誌のみ投句を続けていた。そんな時期に、ラジオから流れてくる藤原正彦氏の話に感銘を受けるのである（飯島さんは、テレビはほとんど観ず、もっぱらラジオを聴いていると話していた）。

きっかけは、「数学者にも情緒性が必要条件である」という藤原氏の発言である。数学と俳句はおよそ正反対のものであり、数学に情緒が要るなどとは考えもしなかった飯島さんは軽いショックを受け、自身の俳句についてこんな風に述べている。

「私が俳句というものに約四十年間かかわってきて、いかに情緒性というものを排除しようかと気張ってきたことか。そのことに改めて気づかされて、ああ、こんなこと、しなくてもよかったんじゃないか、と実感したのです」（「俳句研究」平成十二年七月号）

続けて、「甘いものを食べたいときは甘いものを食べるし、辛いものを食べたいときは辛いものを食べる。そういうことでいいんじゃないか」と発言している。

もっと藤原氏を知りたいと思い、お嬢さんから文庫本を借りて一気に読んだ。インタビューのあと、そう教えてくれた飯島さんの口調は、とても嬉しそうだった。

お嬢さんから文庫本を受け取った私は、本の重みを確かめ、そのままお嬢さんの手にお返しした。

「ありがとう。お気持ちは、受け取りました。でも、この本は、あなたにとって大切なおばあさまとの思い出の本ですので、あなたが大事に持っていてくださいね」

こうして文章に書くと、美談のように思えてしまうかもしれない。しかし、美談として披露したわけではない。そのときの私は、ただただ悲しくて、そのうえに遺品を受け取るという重責に耐えられなかっただけである。意気地のないこと、この上ない。

これもあとで気がついたことだが、藤原氏の話は、その後の飯島さんの作風を変化させる契機となったはずである。新しい飯島さんの抒情句が生まれたかもしれない。しかし、それは突然の死によって叶わぬ夢となってしまった。

そんな節目の文庫本である。やはり私がもらうわけにはいかない。

お嬢さんは、いまはもう大人になっていることだろう。このときのことを覚えているだろうか。あなたの優しい思いやりに応えることができなかった私の不甲斐なさを、遅ればせながらお詫びしたいと思う。

どのくらいの時間居たのだろう。だいぶ暗くなってから飯島さんの家を辞去した。その間、弔問に訪れた人はだれもいなかった。まだ飯島さんの死は伏せられ、連絡を受けたわずかの人を除いて、誰にも知らされていなかった。

＊

しみじみと、藤田湘子《しょうし》さんが言った。

「葬式に、編集者が来てくれるような俳人にならないといけないいな」

私はそのまま素直に受けとめていたのだが、いまごろになって、その真意を測りかねている。

平成十二年六月八日、飯島晴子さんの密葬が行われた。私は、あんなにさみしい葬儀を、ほかに知らない。

広いホールにパイプ椅子がたくさん置かれている。しかし、そこに座るべき参列者たちは、一列目に並ぶだけで充分だった。一方に遺族の方が数名、もう一方に湘子さん、私、ほかに二人くらいの参列者が席についた。正面には、飯島さんの遺影が飾られていた。

飯島さんの死はまだ公表されていないので当然の光景かもしれないが、私はさみしくて仕方なかった。

読経の続くあいだ、理不尽だと分かっていても、「飯島さん、これがあなたの望まれた葬儀ですか」と遺影に問いかけていた。飯島さんは、ただ微笑んでいるだけだった（だいぶあとになってから、この葬儀の光景も飯島さんの希望通りなのだろうなと、私は受け入れた。

納得できないのだが、受け入れるしかないと納得したのである)。

焼香を終えると、最後のお別れの儀式として、みなで棺のなかに供花を投げ入れた。お孫さんたちが決めた遺品類も、静かに収められた。

湘子さんは、長いあいだ飯島さんの棺を見つめていた。「湘子さんも、つらいだろうな」と思ったそのとき、湘子さんの身体がくずれ落ちたように見えた。棺の両端を手で強く支え、かがみ込んでしまっていた。そして涙が、大粒の涙がひとつ、飯島さんの身体に落ちた。

不謹慎と思われるかもしれないが、私はひどく驚き、そして感動していた。あの謹厳で冷静な湘子さんが、まさか泣くとは……。映画のワンシーンのように、いまでも強く目に焼きついている。

散会後、湘子さんから、少し休んでいかないかと誘われ、近所の喫茶店に入った。座ってすぐに「きょうは来てくれてありがとう」と言われ、私は少し嬉しかった。しかし、そのあとどんな会話を交わしたのか記憶にない。ひとつだけ覚えているのが、湘子さんがひとり言のようにつぶやいた先のことばである。

「葬式に、編集者が来てくれるような俳人にならないといけないな」

当時は単純に、私へのねぎらいのことばだと思っていたが、よく考えてみると、なんだかよく分からないことばである。このごろ、自分が当時の湘子さんの年齢に近づいてきたせいか、こんな風にも思う。

湘子さんは、私の参列に驚いたのではないだろうか。編集担当になって九か月の新人が、なぜ飯島晴子の葬儀の場にいるのかと訝しんでいたのではないかと思う。戸惑っていたとしたら、先のひとり言も分かるような気がする。

湘子さんと飯島さんの独特な師弟関係、死後の結社内の動揺、なにより葬儀を（飯島さんの遺志とはいえ）済ませてしまったことへの結社内外への説明など、湘子さんの胸中にはさまざまの思いが渦巻いていたに違いない。そこに異物のような私が闖入してきたので、取り扱いに困惑したのではないかと思う。

いま思えば、壮絶な渦中に私はいたことになる。しかし私はまったく気づいていなかった。ただただ悲しく、おろおろしているだけだった。もう少し私が経験を積んでいたら、マスコミ対応も葬儀も違ったものになったかもしれない。そう思うと、自分の非力が情けなくなる。もちろん、これは私の思い違い（思い上がり）というもので、状況はまったく変わらなかったかもしれないのだが。

飯島さんの訃報は、遺族の意向により湘子さんに一任され、後日、新聞各紙に大きく報道された。

「大騒ぎになるだろうな」という予感は的中し、私は電話対応に追われる日が続いた。しかし混乱の予兆のなかで、私は、ある一事を心に決めていた。

それは飯島さんの死について、死去（逝去）ということば以外は使わない。未来永劫、そう決めたのである。理由も根拠もない。かたくなで意固地のような、ささやかな抵抗。

哀しい決意だった。

＊

飯島晴子さんとの最初の出会いを、思い出そうとしている。記憶が確かではないのだが、おそらく最初は電話で話したのだと思う。

私は三十代の後半に『俳文学大辞典』を編集担当し、続けて『俳句実作入門講座』というシリーズ本を担当した。

これは全六巻の俳句入門書で、各巻の編者には著名俳人をお願いし、俳句の基礎知識から、季語、切字、定型、素材、技法、旅吟、日常吟などの内容を、各テーマに沿って十数名の現役俳人が分担執筆するという全篇書き下ろしの企画本だった（企画立案者は私ではなく、角川の鈴木豊一さんである）。

第一巻は『俳句への出発』というタイトルで、編者は藤田湘子さん。この巻の「女流いろいろ　名句に学ぶ」という一篇を飯島さんが執筆している。第一巻の刊行が平成八年なので、その二年前くらいに原稿依頼をしていると思う。

依頼のときには、まず執筆者に電話で打診をしたと思うが、そのときの記憶はない。たぶん簡単に企画内容を説明して、「詳細は依頼書を送りますので、ご検討ください」などと言ったのだろうと思う。

依頼書が届いたころ、飯島さんから電話が来た。開口一番、「書けない」と言われた。書けない理由をいろいろと早口で言われたが、私は何と返答したのか覚えていない。おそらく、しどろもどろに応対したのだと思う。最終的には、飯島さんの所属する「鷹」の主宰・藤田湘子さんが編者だということで、了承いただいたように記憶している。これが、平成六年後半か七年のことである。

その後、原稿が届いたときにも、御礼の電話を差し上げた。このときの記憶は鮮明で、電話口で飯島さんは、数名の女流俳人の名を挙げ、その作品がいかに素晴らしいかを延々としゃべり続けた。原稿を書き上げた安堵感も手伝っていたと思うが、こんなにも情熱的に、滔々《とうとう》と俳句について語る俳人と出会ったのは初めての経験だった。「すごい俳人がいるんだな」と少し圧倒されたのを覚えている。しかし、飯島さん本人とお会いする機会は訪れなかった。

このシリーズ本の刊行途中で、私は角川選書などを編集する部署に異動となったため、飯島さんを含めて俳人の方々との縁はいったん切れてしまうことになる。

その後の飯島さんはといえば、この平成八年四月、第六句集『儚々《ぼうぼう》』を刊行。翌九年、蛇笏賞を受賞。さらに平成十年からは詩歌文学館賞の選考委員を務めるなど、俳壇の大御所に登りつめていた時期にあたる。

そして平成十一年の秋、私は俳句総合誌の編集担当になり、再び飯島さんとの縁が生まれることになる。

すぐに私は、新連載の打ち合わせと称して飯島さんと頻繁に連絡を取り、ご自宅にも何度もお伺いした。本来なら、しんどい仕事のはずなのだろうが、なぜか楽しかった。自宅に伺う日は、朝からソワソワとしていた自分を思い出す。

このころ飯島さんから、こんなことを言われた。

「石井さんは、声がいいわよね。あなたの声は、癒される声だわ」

これは、お世辞なのである。でも、不快な声でなくて良かったと、変に安心したのを覚えている。

癒されるということについて、飯島さんは「最後の特別インタビュー」(「俳句研究」平成十二年九月号)でこんな風に述べている。

「私はずっと、癒されたいと思っていたのです。(略)「癒しの音楽」とかってあるじゃないですか。でも私は、そんな「癒しの音楽」を聴いていても全然癒されない。それよりは井上陽水で癒される。(略)あの声もね。声ってすごく癒されるんです、感覚的だから」

私の声は陽水とは比ぶべくもないが、少しくらいは飯島さんの癒しに役立っていたのだろうか。

再会以後、亡くなるまで、私は飯島さんから「俳句」についての森羅万象を、電話口から、あるいは自宅で向かい合いながら、個人授業のように直接、聞き続けることになった。それは、思いもかけないことだった。

あのころ飯島さんと共にした時間は、緊張と高揚感に満ち、最後の花火のように短くも美しく輝いていた時間だった。だから思い出していると、いつも哀しくなってしまう。

＊

飯島晴子さんから最初にいただいた葉書は、自宅までの地図が書かれた葉書だった。新連載の打ち合わせのため自宅に伺うことになったとき、飯島さんが自ら書いて投函してくれたものである。そのころはインターネットで地図検索をすることなど想像もできなかった。目的地に行くときはこうして略図を作り、葉書や手紙（またはＦＡＸ）で知らせるのが普通だった。

私は少し方向音痴のところがあるので、飯島さんの自宅に伺うときは、この葉書の裏面をコピーして持ち歩いていた（その後、飯島さんが亡くなったあとは、小さな額にこの葉書を入れて保管している）。

葉書の裏面の三分の二くらいのスペースを使って、黒のボールペンで手書きの地図が書かれてある。左上隅に置かれた東急田園都市線の青葉台駅を起点に、自宅までの行き方が示されてある。

改札を出て左折、つつじが丘小学校前の交差点まで直進して右折、あとは一本道である。

交差点で迷ってはいけないと思ったのか、交差点の角々にはそれぞれ「イヌネコ病院」「シンブン屋」「クスリ屋」「スシ屋」などと目印が書いてある。なぜカタカナで書いたのか分からないが、いま見ると妙に可愛くて、可笑しくなる。

一本道の途中には、しらとり川という川が流れていて、この川に架かる橋の上まで来れば、もう飯島さんの家はすぐそこである。

葉書の残り三分の一には、短文が書いてある。


十月七日（木）十五時、お待ち申しあげます。バスなら青葉台中央行に乗り、三つ目のしらとり台下車。タクシーなら、右折する交差点を間違えないようにしてください。乗れば、駅から十分とはかからないくらいの距離です（以下略）。


じつに懇切丁寧な葉書である。

表書きは、編集部の宛先と私の氏名が書かれてあるが、なぜか万年筆（ブルーブラックのインキ）が使われている。大きな字で、紙面いっぱいに書かれ、千代田区の「代」などはいまにもはみ出てしまいそうな筆勢である（懐かしい飯島さんの筆跡である）。差出人のところは、黒のスタンプインキを使った住所印が押されている。

私はなぜ、この葉書を保存していたのだろう。もちろん、飯島さんが書かれたものだからというのが第一の理由だが、手書きの地図だったことと、書き込みが面白かったことも理由のひとつである。しらとり川などは、波線（〜）で書き込まれ、川面《かわも》も数本の波線で書かれている。また土手には、土手という文字のそばに数本の斜線が絶妙に書き添えられている。飯島さんは、楽しい気持ちでこの葉書を書いたのかな、と思ってしまう。

これまでも折にふれて、この葉書を取り出して眺めることがあったが、そのたびに、この地図からだんだんと景色や建物が起ち上がり、まるで3D映画のように立体的風景がよみがえってきた。そんなとき、いつも私は少し哀しくなった。

このころの飯島さんの心中を推しはかることはできないけれど、自分の作品への自信喪失の時期だったことを、私はあとになって知ることになる。すると、私との時間は束の間の慰藉《いしゃ》の時間だったのだろうか。そうだったら嬉しいが、そんな楽しい時間だったのなら、なおさら亡くなってしまったことが哀しい。こうして私は、いつも堂々めぐりをくり返す。

私は、飯島さんと会うのがただ嬉しくて、何でもない雑談を交わすのが楽しくて、どこか呑気《のんき》でいたのである。

遺された一枚の葉書に、私はいまでも一喜一憂している。

この葉書にある通り、私が初めて飯島さんの自宅を訪ねたのは、平成十一年十月七日。亡くなる八か月前のことだった。

＊

飯島晴子さんの家は、一階にリビングと和室と小部屋があった。

玄関を入った正面には、二階に上がる階段があったが、私は二階に上がったことはない。

訪ねるといつも、玄関の右側にあるリビングに通された。

リビングは六畳（あるいは八畳）くらいの広さで、出入口の対面には窓があった。入口から見て右側は、壁面いっぱいが本棚で占められ、反対側はガスコンロやシンクが備えられていた。

中央に方形のテーブルが置かれ、私はいつも（飯島さんに手で示されて）、本棚を背にする位置に座った。反対側に飯島さんが座る。つまり私は、ガスコンロなどを背景にした飯島さんと対面する格好になる。

座るとすぐに、「お茶を用意するわね」と言って、飯島さんは薬缶《やかん》に水を入れてコンロの火を点ける。それからテーブルに座り直し、さっそく俳句の話が始まるのである。話し始めると止まらなくなり、飯島さんの向こうで薬缶がシューシューと湯気を噴いているのに、飯島さんはまったく気がつかない。そんなことが何度もあった。当時の私は、大御所の飯島さんを前にして、「お湯が沸いていますよ」とは言い出せず、黙っているしかなかった。取るに足りないこうした「ささいなこと」が、笑い話のようになつかしく思い出される。

隣家に住んでいた長女の後藤素子さんが、お茶菓子を必ず運んできてくれるのだが、飯島さんはそれを積極的にすすめるでもなく、とにかく俳句の話は延々と続いた。

たくさんの時間を飯島さんと過ごしたような気がするが、話の詳細は克明には思い出せない。ただ、充実した光に満ちた時間だったという記憶があるだけである。

いま思い返してみると、このときの私は、飯島さんから「俳句のシャワー」を浴び続けていたのかもしれない。それが皮膚を通して私の内面にまで沁みわたり、私を丸呑みにしてしまったのだと思う（そうならば、私の核心に入り込んだものは、何か。それを探ってみたいという個人的な思いも、私にはある）。

飯島さんを前にして、私はもっぱら聞き役だったが、いくつか自分から発言したことがある。本棚の手に取りやすい位置に、俳誌「鷹」のバックナンバーがきちんと並べられてあるのが、以前から気になっていた。

「昔の「鷹」を見てもいいですか」

「いいわよ」

何冊かパラパラと拝見しながら、かつての「鷹」の同人の消息などを聞いた。そして飯島さんの作品が載っている頁を見て、目が釘付けになった。なにやら鉛筆で、丸印や×印が俳句に付けられている。傍線を引いて、手直しされた俳句もあった。

「これは、何ですか」

「それはね。時間があるときや思いついたときに、自分で推敲しているの。いずれ句集に収めるときの、準備みたいなもの」

すごいな、と思った。

俳人とは、こんなにも真摯《しんし》に俳句と向き合い、自分の俳句に責任を持っているのか。俳句とは、そんなにすごい文芸なのかと（何がすごいのかはまったく分からないまま）、素直にそう思った。

しかし、既発表句の推敲を日々実践している俳人が、じつはとても少ないということを、後年になって私は知る。最初に見たのが飯島さんのケースだったため、すべての俳人がそうだと思いこんでしまったのである。

たぶんほかにも、私が気がついていないだけで、飯島さんから教えられた大切な俳句の話がたくさんあるのだろう。なぜ、もっといろいろ訊いておかなかったのだろう。尋ねれば、飯島さんはどんな質問にも答えてくれただろう。あまりの記憶の少なさに、悔しく、情けなくなる。

しかし、どうして飯島さんは、私の前で無防備とも思えるくらい俳句の話を開陳してくれたのだろう。

いまでは真意は確かめようもないが、覚えているわずかな話と終始ニコニコしていた笑顔、折々のしぐさなどが、その後の私の仕事を背骨のようにまっすぐに支えてくれたことだけは確かである。

＊

飯島晴子さんの自宅で行われた打ち合わせの第一の目的は、新連載の内容をどうするかということだった。

私はどうしても、飯島さんの連載が欲しかった。

しかし、俳句総合誌の担当になって一年にも満たない私に、連載内容の提案などできるはずがない。とにかく、頭を下げてお願いするしかなかった。「二年間連載して、単行本にしましょう」とまで言った記憶がある。いま思い返せば、まず連載ありき、だった。まるで子どものお使いだったな、と思う。

そんな私の非力を、飯島さんは先刻お見通しだったのだろう。嫌な顔も見せずに、いろいろ内容を考えてくださった。

「あなたは、本当に悪い時代に編集長になった。だから私にできることは、なんでも協力するわよ」と励ましてもくださった。私は、ただ便乗しているだけだった。

内容は、自句自解、季節のエッセイ、評伝、時評などの候補のなかから、毎月の名句を鑑賞する「名句の魅力」に決まった。これは飯島さんにとって積極的な了解ではなく、「いま書けるとしたら」という条件付きの承諾だった。

初めて原稿が届いたときは、夢が叶ったようで本当に嬉しかった。B4判の原稿用紙を使い、マス目いっぱいに力強い字で書かれていた。「狐川の住人」と題された初回原稿は、予定通り平成十二年一月号に掲載された。

いよいよ始まるのだという高揚した気持ちのまま、二回目の原稿締切が迫っていたので、御礼と催促を兼ねて飯島さんに電話を入れた。そこで私は飯島さんから、開口一番「連載を降りたい」と言われてしまうのである。

一瞬、なにが起きているのか分からなかった。とにかく連載はやめないでほしいこと、そして不定期でよいから書き続けてほしい、と必死に食い下がった。

そのとき訥々《とつとつ》と、飯島さんが電話を通して言ったことばを、いまでも覚えている。

「観音開きの扉、というのがあるでしょ。仏壇などに。俳句を鑑賞するということは、観音開きの扉を開けることだと思うの。それは苦しいけれど、楽しいこと。でも、今回は扉を開けて、くまなく見まわしたと思ったら、その奥にさらに観音開きの扉があった。そこを開けてみたら、闇。そうしたら、もう何も書けないなと思ってしまったの」

こんなことを言われたら、返すことばがない。黙って引き下がるしかなかった。飯島さんが決めたことであり、翻意を促すことはできないだろう。それでも私は、「書けるようになったら、ぜひ原稿を送ってください」と言って、電話を切った。

やはり、よほどショックだったのだろう。このときの飯島さんのことばは、呪文のように長い間、私の頭のなかで鳴り響いた。

闇を見てしまったのだから仕方がない、と当初は納得していたのだが、いったいその「闇」とは、どんな闇だったのだろう。分からない。闇の正体について訊けばよかったとも思うが、現実には怖くてできなかっただろう。その後、飯島さんと「闇」の話をすることは、二度となかった。

結局、原稿は届かなかった。しばらくして飯島さんは、俳句総合誌からの原稿依頼もすべて断るようになり、新作は所属する「鷹」だけの八句となる。やはり、体調が思わしくなかったのだろう。

連載は一回で終了してしまったが、その後も私は飯島さんの自宅に伺い、雑談を楽しんだ。

飯島さんが亡くなったあと、ご自宅で、長女の後藤素子さんが「時計草」の花を見せてくれたことがある。

「母の大好きな花なんですよ」

初めて聞く話だった。

その不思議な花びらを間近で見ながら、飯島さんは時計草のどこが好きだったのだろう、私との会話で時計草が話題になったことなど一度もないのに、などと思っていたら、何の脈絡もなく「石井さん、闇は、闇のままでいいのよ」という飯島さんの声が聞こえた気がした。

調べてみたら、時計草の花言葉は「受難」「聖なる愛」。そして飯島さんには、時計草を詠んだ俳句は一句も見つからなかった。

闇は闇のままにして、忘れないでいようと思った。

＊

それは、不思議な夜だった。

飯島晴子さんの家に着くと、早々に「今夜は、夕飯を食べていってください」と言われた。普段ならお断りするのだが、なんだか拒否できない雰囲気を感じたので、ありがたく「ご馳走になります」と言った。

早速、飯島さんはお米を研《と》ぎ始めた。それを炊飯器にセットしたり、お湯をわかしたり、総菜を盛りつけたりと、立ちずくめで動いていた。その間も、お喋りは止まることがない。

「石井さんは、賭け事とか、したことがありますか」

「麻雀とか競馬なら、学生時代に少しやったことはありますよ」

「いいなあ。私は馬が大好きなの。馬の姿が好きで、写真集も買った。でも馬券は買ったことがない。うらやましいわ。賭け事って、ワクワクするんでしょ」

意外だった。真面目一徹に見える飯島さんが、「賭け事」をしてみたいと思っていたなんて。このときの私の受け答えは、いまでも顔から火が出るほど恥ずかしい。

「えっ、馬が好きなんですか。私は、ウマ年の生まれなんですよ」

トンチンカンな答えに、飯島さんはさぞかし困惑したことだろう。しかし、この日の飯島さんはとても嬉しそうで、華やいで見えた。

夜の九時ころだったろうか。突然、電話が鳴った。黒い受話器を手にした飯島さんの顔が、みるみる曇ってゆくのが分かった（飯島さんの家の電話は昔ながらの回転ダイヤル式黒電話で、本棚の間に置かれていた）。

「いま、お客さんが来ているから、話はできないわよ」

相手は食い下がっているようだった。どうやら、吟行のときの作句の注意点を教えてもらいたいようだった。決断したかのように、飯島さんは強い語調で語りはじめた。

「それでは、お話しします。吟行で仲間と道を歩いていたとします。隣を歩く人と、約一メートルくらい離れているとしますね。道ばたの同じ花や草を見ても、一メートルの距離があるので、じつは違う景色が見えているのよ。分かりますか。だから、自信をもって作りなさい。それから、もうこんな電話をかけてきてはいけませんよ」

電話を終えた飯島さんは、放心しているように見えた。私は、すごい場面に遭遇した驚きで、言葉が出なかった。しばらくして気を取り直すかのように飯島さんは言った。

「私の句集で、欲しい句集がありますか」

突然の申し出に再び驚いたが、私は正直に答えた。

「『寒晴』を持っていません」

すぐに用意され、小さな声でこう言われた。

「書こうか」

会話が中断した。硯箱《すずり》が出され、目の前で飯島さんが墨をすり始める。私は戸惑っていた。張りつめた静寂《しじま》のなかで夜の闇が濃くなり、重くなっていくように感じられた。

目の前で飯島さんが染筆している。現実の光景とは思われなかった。どのくらい時間が過ぎたのだろう。見返しに「寒晴や」の一句と署名が記された句集が手渡された。

この日の夕食のメニューは、残念ながら思い出せない。

夜の十時ころに辞去したと思う。飯島さんは玄関を下りて、外まで出て見送ってくださった。楽しそうな飯島さんの姿に、私は安心して帰途についた。

墨書句・署名入りの句集をいただいた私は、この日、興奮していたのだろう。そのため、飯島さんの笑顔の裏にある翳《かげ》りに気がつくことができなかった。

このごろになって、思うことがある。この日の飯島さんの行動は、以前から準備された予定の行動だったのではないか。夕食も、句集の献呈も、署名もすべて、あらかじめ考え抜いた末のことだったのではないだろうか。

いま、遺品となった『寒晴』に書かれた句を静かにつぶやいてみる。

寒晴やあはれ舞妓の背の高き　晴子

すると、冴え冴えとした寒の晴天のなか、舞妓の背の高さに少し驚いている飯島さんの明るい表情が見えてくる。こんな凛《りん》とした俳句を作っていたのに、なぜ亡くなってしまったのかと、口惜しくなる。

楽しくて、やがて哀しくなる一夜の思い出である。

*

拝啓　飯島晴子さま

二十年という時間が、あっという間に過ぎてしまいました。そのあいだ、折にふれて飯島さんの笑顔やしぐさ、張りのある声を思い出すことが何度もありました。浅い眠りの朝や夜の静寂《しじま》のなか、かつての会話の片々が、何の脈絡もなくよみがえってくることもありました。きっといつかは飯島さんのことを書かなくてはならなくなる。そんな予感を感じていました。

一度封印した小筐《こばこ》を開ける恐ろしさに慄《おのの》きながらも、なんとか書き続けることができたのは、一方で、飯島さんとの思い出が楽しい時間でもあったからでした（でも、苦笑している飯島さんの顔が、いつも目に浮かびましたよ）。

書き継いでいくなかで、次第に鮮明になってきたことがあります。きょうは、そのことをお知らせしたくて、筆を執りました。

私はやはり飯島さんの死を、長い間、受け入れることができませんでした。心底には、もう少し私がしっかりしていたら飯島さんが亡くなることはなかった。そんな尊大な思いこみを抱え、払拭できずにいたのです。それは私の勘違いであり、大いなる思い上がりでした。すべては運命であり、予定されていたこと。そのことにやっと気づいたとき、砂漠に真水が沁みこんでいくように私のなかで解放感がひろがりました。

飯島さんとあのとき、あの年齢で、出会うことができて良かった。いま、満腔の感謝をこめて、そう思います。

考えてみると私は飯島さんから、三つの事を申し渡されたようです。正確には三つの要望ですが、私は勝手に約束事だと決めつけていました。約束のふたつは実行され、最後のひとつは半分しか叶えられませんでした。

ひとつめは、飯島さんの全句集を出すことでした。生前に全句集を頼まれることはあり得ないことでしたので、軽い気持ちで引き受けました。まさか、ほどなく亡くなってしまうなんて、思いもよらないことでした。喪失感のなか、鈴木豊一氏の全面的協力を得て、全句集は無事に刊行されました。

ふたつめは、雑誌のなかで「老人特集はやらないでほしい」というものでした。当時は、平均寿命が毎年延び、俳壇でも高齢の俳人が増えてきた時でした。未曽有の活況に、俳句総合誌はこぞって「老境を詠む」とか「八十代俳人特集」などの企画を展開していました。そんな風潮に、飯島さんは憤慨されていました。

「七十代、八十代の老人たちの気持ちが、あなたたち若い世代に分かりますか。分かってたまるものか、と思いますよ。私たちは、本当に淋しいのよ。それに耐えて俳句を作っているの。ほかの雑誌が特集するのは構わないが、あなただけは老いの俳句を特集してくれるな。私たちを変に持ち上げないでほしい」

きっぱりと言われた強い語調は、なんだか母の断言に似て、私は即座に従いました。

三つめは、「長く編集長を務めてほしい」ということでした。私は結果的には、歴代編集長のなかでは最長でした。しかし、雑誌そのものが休刊してしまいました。最長編集長が、最終編集者として雑誌の最後に立ち会うという不甲斐ない結末になりました。申し訳ない思いです。ただ、いまも俳句の世界で仕事は続けています。

いま日本では、飯島さんが生きていた平成時代が終わり、令和という新しい年号になりました。そして人命を脅かすウイルスが数年間、猛威をふるいました。こんな時代に、飯島さんならどんな俳句を作っただろうかと想像したりしています。

そういえば、飯島さんと話しているときに、飯島さん自身の俳句について、あまり話したことがなかったことを思い出しました。

私の大好きな飯島さんの俳句はたくさんありますので、それを書き始めるときりがありません。飯島さんが亡くなったあと出会った一句を記します。

橡《とち》の花きつと最後の夕日さす　晴子

飯島さんの全句を最初から読み返していたとき、第一句集の『蕨手《わらびて》』から見つけた一句です。

どこに魅かれたのか自分でもわかりませんが、たぶん「最後の夕日」が「さす」という部分に安心と希望を見出したからだろうと思います。「きつと」には祈りに似た思いがあるように思えて、おかしな発想かもしれませんが、私は橡《とち》の花のそばに立って、橡の花とともに夕日を受けている飯島さんの姿を思い浮かべてしまいます（自句自解での解説は、無視して味わっています）。

そして、亡くなられたいまでも、どこかで、飯島さんの俳句に、まるで夕日がさしたように出会っている人がいるのだろうと思います。

飯島さんの死を受け入れたとき、天啓のように降りてきたことばがあります。それは、「亡くなった人は、決して死なない」ということ。それは、まさに天恵でした。

私のなかで、飯島さんは生き続ける。そう思えることが、心から嬉しく、安らいだ気持ちになります。

「あなたは、晩年の私が出会った最後の友人です」

二十年が過ぎて、いま、ようやく私は飯島さんの「友人」になれそうな気がしています。

思い出は尽きませんが、きょうはこの辺で。

またお手紙いたします。その日まで、飯島さん、どうかお元気で。

敬具

〈コーヒーブレイク〉

酒まんじゅう

上野原で過ごした、ふわふわとした至福の時間を思い返すとき、そこにはいつも「酒まんじゅう」があった。

母がいて、祖母がいて、祖父がいた。数人の叔母たちもそばにいて、気がつけばだれかが私に話しかけてくれた。この家で、私は淋しさを感じたことが一度もない。大きめの食卓の上には、だれでもすぐ手に取れるように、酒まんじゅうがいつも置かれていた。

この上野原で、私の母は生まれた。正確には、山梨県北都留郡上野原町（現上野原市）。国道に沿って続く上野原の古い町並みから右に折れて、徒歩十分くらいの集落に、いまも母の実家がある。昭和三年、長女として生まれ、下に十人以上の妹が続き、最後に長男が生まれた（長男は私の叔父に当たるのだが、私とは七歳しか離れていない。年齢差だけなら兄弟といってもおかしくなく、実際、私は幼少期から叔父を兄のように思っていた）。

酒まんじゅうを初めて食べたのは、この上野原の家だったろうと思う。たぶん幼稚園のころで、酒の香りに最初は少し酔ってしまったが、慣れてくると、いくらでも食べることができた。まんじゅうばかり食べて、夕飯が食べられなくなり、叱られたことが何度もある。酒まんじゅうは、私の大好物だったのである。

母は上野原の実家から、県を跨《また》いで隣町の神奈川県藤野町（現相模原市）に嫁してきた。上野原と藤野は、バスで三十分くらいの距離であり、小さいころは母に連れられて、たびたび上野原の実家を訪れた。小学生の夏休みには長期に宿泊をしたり、中学生からは、ひとりで行くようになった。

取り立てて用事はないのである。祖父母や叔母たちと酒まんじゅうを頬張りながら話すのが、ただただ楽しかった（まんじゅうは何人かで食べたほうがおいしい）。帰るときに、祖母は必ず酒まんじゅうを土産に持たせてくれた。

笑ってしまう話だが、私は、まんじゅうとは「酒まんじゅう」のことだと、大人になるまでのかなり長い間、思いこんでいた。つまり、ほかの「おまんじゅう」を知らなかったのである。

大人になって、いろいろのまんじゅうを食べる機会があり、どれもおいしいと思えたが、禁断症状が現れるのは、上野原の「酒まんじゅう」だけだった。いまでも、無性に食べたくなるときがある。

〈コーヒーブレイク〉

酒まんじゅう

そもそも、酒まんじゅうとは、なにか。呼称は、「さけまんじゅう」ではなく、「さかまんじゅう」である。

まんじゅうなので、基本的には餡《あん》を皮で包むのだが、この皮には、もち米と米麹《こうじ》で作られる酒種を使う。この酒種に小麦粉を混ぜて生地をつくり、発酵させ、その生地で餡を包み、蒸してから冷ます。これが酒まんじゅうである。

餡は、つぶ餡が王道で、味噌餡は私の小さいころにはなかったと思う。初めて味噌餡を食べたときの衝撃は強烈で、それから数年間、私は味噌餡ばかり食べていた時期もある。

ただ、この酒まんじゅうには難点もあり、日持ちがしないのである。買った翌日には、もう皮が固くなり始める。それでも私は母にせがんで温めてもらい、食べ続けた。さらに、コチコチに固まった皮を剝《は》いで、もう一度蒸し直してもらったこともある。食べたいゆえの、執念だ。

母は、自分でも酒まんじゅうを作ってくれた。祖母の酒まんじゅうも食べたことがあるので、上野原の女性たちの多くは酒まんじゅうが作れるのかもしれない。ただし母は、餡を作るのが難しいと言い、「餡は、お店の餡にはかなわない」とくやしがっていた。

母が嫁いだあと、未婚の叔母たちもひとりずつ嫁いでいき、上野原の家で交わされる会話も、ほろ苦い思いが混じるようになった。物心ついた私にも、叔母たちの苦労が分かるようになった。そんなテーブルの上にも、苦楽を共にするように、酒まんじゅうはあった。

いまでは、母や叔母たちの多くは亡くなってしまったが、叔父は健在で、いまでも身内の冠婚葬祭があると、酒まんじゅうを持参してくれる。まだ温みの残る酒まんじゅうを口に入れるたびに、上野原の風景がよみがえってくる。酒まんじゅうは私にとって、母の記憶、祖父母の記憶、ふるさとの記憶を呼び覚ましてくれる追憶の食べ物なのである。

父や母の法事を行うときは、叔父はいつも上野原の酒まんじゅうを持参してくれる。十個入りの包みを三つ。仏前にひとつ供え、あとは私と妹へのお土産となる。近年は、それに娘夫婦の分も加わり、叔父にはご散財をおかけしている。

あたたかき雪——上田五千石

上田五千石（うえだ・ごせんごく）一九三三〜一九九七　東京生まれ。俳誌「畦」主宰。句集『田園』（俳人協会賞）、著作『俳句に大事な五つのこと　五千石俳句入門』ほか。没後『上田五千石全句集』刊。


上田五千石さんが、マイクの前に立って挨拶をしている。人なつこい笑顔とは裏腹に、こんなことばが発せられた。

「僕は、俳句で救われました。精神を病んでいた僕を立ち直らせ、希望をもたらしてくれたのが俳句でした」

衝撃だった。

挨拶の詳細は忘れてしまったが、このことばだけはいまでも記憶に刻まれている。

私が驚いたのは、五千石さんの病のことではなく、俳句が人を救うことがあるということ。そのことに驚愕した。そうか、俳句は人を救うのか。

当時、俳句のことはまったく知らなかったのに、「俳句は人を救う」ということだけは、疑いもなく信じることができた。それは、五千石さんの実体験だったからだろう。

このときの会が、いつ、どこで行われ、何の会だったのか、いまだに思い出せないでいる。

会場には三十人くらいの人が集まり、ひとりひとりが思い思いの挨拶を述べていた。ほかに三橋敏雄さんの姿もあったように思うので、もしかすると、西東三鬼《さいとうさんき》の年忌を修する偲ぶ会のようなものだったのかもしれない（間違っているかもしれないが）。

当時、上司だった角川書店の鈴木豊一さんに連れられて出席した。私が俳句総合誌の担当になる数年前のことで、もう三十年以上前になると思う。

俳句も俳人も知らない私が、なぜ、このような会に出席したのだろう。たぶん、当時担当していたシリーズ単行本の筆者のひとりが、五千石さんだったからだと思われる。

このとき会場で名刺交換をしながら、五千石さんと雑談をしたはずだが、いま覚えているのは、先の挨拶の一節と次のひと言だけである。

「その包帯は、どうしたのですか」

私事で恥ずかしいのだが、この日、私は右の手首にぐるぐる包帯を巻いていた。少し前からストレスによる皮膚炎に悩まされ、右半身から発症した炎症が、右腕を経て、手首にまで達していた。あまりの痒さに爪で掻《か》いてしまうため、炎症の範囲が広がってしまったのである。紅斑《こうはん》に変色した部位を他人に見せるのは失礼かと思い、包帯で隠したのだった。長袖のワイシャツで手首は隠れるので分からないと思っていたのだが、五千石さんには目ざとく見つけられてしまった。この日、包帯のことを問われたのは、五千石さんだけである（こうした細かい観察眼が五千石さんにはあった）。

それ以後、五千石さんから頻繁に連絡が入るようになった。主な要件は単行本の打ち合わせなのだが、そのあと夕食を共にすることが増えた。当時住んでいた東京・成城のご自宅に伺ったこともある。

いまにして思えば、五千石さんは、私に俳句の実際を教えてくれた初めての俳人だった。気さくに、手を取るように、懇切丁寧に教えてくださった。

「句会」を知らなかった私に、自分の句会に誘って、句会の雰囲気を教えてくれたこと。「吟行」というものを、初めて見学体験させてくれたこと。なにより、「俳人」の生活というものを、惜しみなく見せてくださった。

たとえば、ご自宅に伺ったある日のこと。雑談をしていたら、お孫さん（現「ランブル」主宰・上田日差子《ひざし》さんのご長男）が近づいてきた。そのころ三歳くらいだったろうか。五千石さんは抱き上げて開口一番「にっぽんが〜ここにあつまる〜はつもうで〜」と朗々と謳いあげたのである。これは〈日本がここに集る初詣〉（山口誓子）という俳句だが、こんな幼児のときから日常会話のように俳句を教えるのかと驚いた。

こうした事々が積み重なり、その時には予想できなかったのだが、後年、俳句総合誌の担当になったとき、それらの知識がどれだけ役立ったかはかり知れない。

五千石さんは、俳句に対して直截《ちょくせつ》で正直で、少年のような純粋さとリスペクトを併せもっていた俳人だった。

春陽堂書店から『上田五千石』（平成五年）が刊行されたとき、見返しに、

あたたかき雪がふるふる兎の目

という句を染筆していただいた。署名をみると五千石ではなく、「半万石」。五千石は一万石の半分という洒落なのだが、そんな機知と稚気が好きな俳人でもあった。

亡くなって、もう二十五年以上になる。どこか繊細で豪快な笑顔がひたすら懐かしく思い出される。

*

そのとき、私は四十代の初めだった。もちろん、俳句のことは何も知らない。そんな私が、突然、上田五千石さんから吟行に誘われたのである。「吟行」ということばも、初耳だった（余談だが、「結社」ということばを初めて聞いたときも、俳人は秘密結社に属しているのか？　と本気で思った）。

当時私は、『俳句実作入門講座』（全六巻、角川書店刊）というシリーズ本を担当しており、原稿の依頼に追われる日々が続いていた。

この本は、各巻に一名、活躍中の著名俳人に編者をお願いし、内容は一冊につき二十名前後の現役俳人が決められたテーマに沿って書き下ろすという共同執筆の企画本だった。執筆者は編者が決めるため、その人選の打ち合わせ、そして原稿依頼と、私はてんてこ舞いだった。

第一巻『俳句への出発』の編者は藤田湘子さん、第二巻『新しい素材と発想』の編者は鷹羽狩行さんという具合に依頼が進んでいき、第五巻『旅と風景句』の編者が五千石さんだった。

打ち合わせのために、成城のご自宅に何度かお伺いした。テーマと人選を詰めていく過程で、五千石さんから、

「〈旅と風景句〉という内容なら、実際の吟行記を載せるべきではないだろうか」

という提案があり、急遽、「日帰り吟行」を行うことになった。場所は、土地勘のある静岡に決まり、原稿の執筆は五千石さんが主宰していた「畦《あぜ》」の同人・中村堯子《たかこ》さんにお願いすることになった。

「石井君、君も一緒に行くべきではないか。原稿を校正するときに役立つでしょう。ぜひ、一緒に行きましょう」

と言われ、同行することになった。つまり私は、投句するのではなく、見学させてもらうことになったのである。

このときの吟行の様子は、中村堯子さんの吟行記「日帰り吟行　駿河丸子路」に詳しいが、いま読み返すと、当時のことがありありと思い出される。緊張の一日だったにもかかわらず、参加された方々の笑顔や楽しい会話の数々がよみがえってくる。

正確な吟行日は、平成八年四月二十九日だったことを知り、改めて時の流れの速さに茫

然としてしまう（そして悲しいことに、この吟行の翌年九月、五千石さんは急逝されてしまう）。

この日の吟行コースは、安倍川餅の「石部屋《せきべ》」、江戸期の許六《きょりく》の句碑「十団子も小粒となりぬ秋の風」のある慶龍寺、東海道の難所といわれた宇津谷峠《うつのや》、「国家安康」の鐘銘事件にかかわった片桐且元《かつもと》公の墓所のある誓願寺、連歌師・宗長《そうちょう》が庵《いおり》を結んだ柴屋寺《さいおく》などを巡り、「とろろ汁」で有名な丁子屋《ちょうじ》で句会と夕食というコースだった（これらの吟行地は先の吟行記から引いたもので、当然のことながら、私はすべてを記憶しているわけではない）。

二十名の参加者が、三々五々、寺の境内に散らばっていく。本堂に入る人、池を眺める人、花を見る人など。どの人も無言で、足早に歩いていく。時折、遠くで笑い声が起こる。いまでこそこうした光景に慣れているが、当時はとにかく驚きの連続だった。いい年をした大人が、隣の人と会話もせずに、ひたすら手にもったノートになにか文字を書きつけているのである。顔は真剣そのもの。不思議な集団だなあ、というのが第一印象だった。五千石さんは、皆に声をかけて会話を交わしたり、突然、一所にとどまって遠くを凝視したりしていた。

驚きのとどめは、最後の丁子屋の句会での五千石さんの出句だった。

旧道はいまも徒強《かち》ふ竹の秋　五千石

宇津谷峠の入口での一句だが、この峠に至るには徒歩でしか行かれない。「徒強ふ」という文語に、私は心を射貫かれ、興奮した。それは俳句の生まれる瞬間に立ち会った感動でもあった（この句はのちに〈ふるみちはいまも徒強ふ竹の秋〉と推敲されて、句集『天路』に収められた）。

もうひとつ。五千石さんは句帳を持たない俳人だった。俳人は皆そのようにするものだと思い込んでいた私は、それがどれだけ珍しく、すごいことだったかを、俳句総合誌を担当する数年後に初めて知ることになる。

＊

上田五千石さんは、私に俳句の実作をしてほしかったのかもしれない。おそらく、強くそう願っていたと、このごろになってしきりに思われてならない。

そのためには、（ことばは悪いかもしれないが）手段を選ばず、さまざまな方法で、繰り返し私を勧誘した。

私に俳句を作ることを強く勧めた最初の俳人、それが五千石さんだった。

私はどうしたかと言えば、（結末を先に言ってしまうことになるが）俳句を作ることはなかった。どんなに勧められても、「はい」と言うことができなかった。

それは、あまりに呆気ない理由だが、俳句が作れなかったからである。自己流の俳句を試みてみたが、俳句らしいことばは何も浮かんでこなかった。「これでは、駄目だ」と思った。その心の底には、恥ずかしい思いをしたくないという屈折した自尊心があったのだろうと思う。

いまなら、そうした白紙の状態が俳句入門にはベストだと思うことができる。しかし、そのときは分からなかった。このことは、いまでも五千石さんに申しわけなく思っている。なぜなら当時の私は、俳句単行本の仕事をしていたとはいえ、環境的には俳句を作り始めても、なんら支障はなかったはずなのである（後年、俳句総合誌の担当になってからは、実作はもとより、結社への祝句、俳句大会の選句、俳誌への原稿執筆など俳句にかかわる対外的な発表は一切辞退した。これは本業の雑誌製作に公平を期すためである）。

「俳句を始めると幸せになるよ」という五千石さんの名言は、広く知られている。私も目の前で、ナマで、何度も聞いている。優しくささやくように言われると、思わず「わかりました」ということばが、喉まで込み上げてくる。これは、五千石さんの本音から生まれたことばだからこそ、胸打たれるのだろう。

東京・お茶の水での定例句会を、見学させてもらったことがある。私にとっては、初めての本格的な句会体験。もちろん投句はしないのだが、参考までに清記用紙を見せていただいた。そこに並んでいる会員の俳句はまるで呪文か暗号を見るようで、まったく分からなかった。頭が真っ白になった。読めない漢字も多くあり、良い句を選ぶことなどできなかった。これでは、実作はできないなと確信した（現在は頭が真っ白になることはないことも、急いでつけ加えておく）。

調布の句会に誘われたこともある。当時の私の家から一番近く、週末に開催されるため、

「石井君が来るのには、一番ふさわしい句会だよ」ということだった。

五千石さんはこんな風にして、私に俳句を作らせたかったのだろう。それは、五千石さんが主宰する「畦」に入会することにつながるのだろうが、入会云々より、まず私に俳句と出会ってほしかったのだと思う。

調布の句会が終わったあと、会場で雑談をしていたら、五千石さんが近づいてきて一枚の紙片を差し出した。句会で使う切短冊に4Bくらいの濃い鉛筆で、なにか文字が書かれてある。人の名前に見えたので、咄嗟《とっさ》に質問した。

「何ですか、これは」

「石井君の俳号だよ。投句するとき、本名じゃまずいだろう?」

少しはにかんだ口調で言われ、私は絶句した。

「五千石の五を入れてあるからね」

「進退窮《きわ》まった」と私は思った。きちんと返事をしなければいけない。その日はそのまま別れたが、後日、私は連絡を入れて丁重にお断りした。

あのとき実作を始めていたら、私の人生は変わっていただろうか。そんな想像は無意味だろうが、いま、ひとつだけ見えてくる風景がある。

それは一本の細い道。あれから二十五年以上の歳月が流れ、その間の私と俳句の関わりを思い返すとき、じつは一筋の俳句の道がこのときから始まっていたのだなと思う。

五千石さんは、俳句の森に一歩踏み入ろうとしていた私を見て、水先案内人を自ら買って出てくださった最初の俳人だった。その思いに応えられなかったことに、私はいまでも良心の呵責《かしやく》を感じている。

その後、五千石さんとは何事もなかったかのように、淡交が続いた。そして、一年にも満たないころ、突然に、まるで忽然《こつぜん》と、五千石さんは逝ってしまったのである。

*

この激しい雨は、無念の「くやし涙」なのだと思った。

上田五千石さんの訃報をどうやって知ったのか、いまでも思い出せないでいる。だれかが編集部に連絡を入れてくれたのだろうか。それとも直接、電話をいただいたのか。そのときの私は携帯電話を持っていただろうか。自宅に連絡が入ったのだろうか。正確に思い出せないでいる。

しかし、亡くなってすぐに連絡が入ったことは確かである。なぜなら私は、その日の夕方には五千石さんの自宅にいたからである。

玄関のドアを入ると、一面にフローリングの部屋が広がり、窓際には木製の大きな文机《ふづくえ》が据えられていた。五千石さんはいつも、この文机に座り、濃いめの鉛筆で原稿を書いていた。

文机は、玄関ドアと対面する位置に置かれていたため、だれが入ってきたのか、ひと目で分かる。私が訪ねると五千石さんは、この文机から片手をあげて、「よお!」と笑顔で迎えてくださるのが常だった。

それがいま、布団の上で横たわっているだけである。いっさいの活動を止めたかのように、微動だにしない。

「五千石さん、石井です。起きてください!」

そう叫びそうになる自分を、何度もおさえつけた。

すでに駆けつけていた本宮鼎三《ていぞう》さんと目が合った。壁にもたれ、意気消沈していた。五千石さんが主宰する「畦」の編集長として、五千石さんと二人三脚で結社を盛り上げてきた人である。師の突然の死に茫然自失のように見え、顔を合わせたが会話はできなかった。もちろん、いま思えば私だって茫然自失状態だった。

五千石さんが亡くなって、「畦」は終刊となったが、鼎三さんは「かなえ」という俳誌を創刊して、五千石俳句の作句精神を継承した。しかし先師を追うかのように、ほどなくして亡くなっている。鼎三さんとお会いしたのは、この日が最後になってしまった。

平成九年九月二日、五千石さんは解離性動脈瘤により逝去。享年六十三。

私が伺った日も、この九月二日だろうと思う。通夜、葬儀には参列していない。

年譜によれば「四日、東京・練馬の愛染院会館で通夜。五日、同所で密葬、落合斎場で荼毘《だび》に付す。十五日、青山葬儀所で本葬、葬儀委員長・有馬朗人《あきと》。戒名・畦秋院明五千石居士。十月二十日、静岡県富士市・瑞林寺の上田家墓所に納骨」とある。

没後、五千石さんの最後の四句が、いろいろの雑誌に紹介された。亡くなる前日「九月一日」の前書がある。

夜仕事をはげむともなく灯を奢り　上田五千石
芋虫の泣かずぶとりを手に賞づる
色鳥や刻美しと呆けゐて
安心のいちにちあらぬ茶立虫

死を予感させる句もあり、辞世の句と読む俳人もあったが、私には途中経過の句に思えてならない。もっと長生きをして、もっとたくさんの俳句を作りたかっただろうなと思う。

五千石さんの自宅を辞去して、帰路は近くのバス停から調布に向かった。あたりは、すっかり暗くなっていた。

バスが走り出してすぐ、突然の雷鳴がとどろき、いきなりものすごい雨が降り出した。バスの屋根を打つ音が尋常ではない。叩きつけるような降り方だった。

「おい、俺のことを忘れないでくれ！」

そんな五千石さんの声が聞こえた。

いまで言うゲリラ豪雨（そのころは、こんな呼称は一般に使われていなかったが）に打たれながら、私は思っていた。この激しい雨は、五千石さんの無念の「くやし涙」なのだ、と。

雨と、雨音と、闇を抜けて走る車内の光景を、忘れずに覚えておこうと思った。

不思議なことに、調布駅に着いたら、雨は嘘のようにあがってしまった。まるでバスが、五千石さんの自宅から異空間を走り抜けて、目の前の調布駅まで私を運んできたかのようだった。

「五千石先生、あなたのことは決して忘れませんよ。眼裏《まなうら》に残るあなたの姿は、変わらないままですよ」

雨上がりの九月の空に向かって、私はそうつぶやいていた。

沈黙を水音として——綾部仁喜

綾部仁喜（あやべ・じんき）一九二九〜二〇一五
東京生まれ。俳誌「泉」主宰。句集『樸簡』（俳人協会賞）、著作『山王林だより』（俳人協会評論賞）ほか。

綾部仁喜さんのことを書く前に、石田勝彦さんについて書かなければならない。指をさして山茱萸《さんしゆゆ》の花を教えてくだったのは、石田勝彦さんだった。そのことを思い出したのは、必要があって「俳句研究」のバックナンバーを見ていたときだった。

平成十二（二〇〇〇）年五月号の巻頭口絵に、勝彦さんの写真が載っている。撮影場所は、東京・八王子市。勝彦さんの俳人協会賞受賞を記念して撮らせていただいた。晩年の柔和な表情が印象深い写真である。

このときの私は、雑誌の担当になってまだ半年くらいだった。俳句のことは何も分かっていない新米である。

写真に添えた私の短文は未熟ゆえの硬質の文体で、いま読み返すと恥ずかしいが、当時の印象を伝えているかもしれないので、書き写してみる。

〈霞むならこの山のこの木の下で　勝彦〉。撮影の日は満開の梅花であった。花は多くを語らない。勝彦氏も多くは語らない。梅の花と折り重なるようにして咲き初めた〃さんしゅゆの花〃が、句作一筋の氏の俳句人生に祝意を添えた。無口にして無私の人である。〈初花のことに老木の仰がるる　勝彦〉。

梅の花を背景に撮影したのだが、近くに黄色い花をつけていた木があった。私は無遠慮にたずねたのだろう。知らないということは、やはりおそろしい。

勝彦さんは、親切に木の名前を教えてくださった。それが「山茱萸」だった。

「僕も、山茱萸の花の句を作ったことがあるよ」

そう言われた気がしたので、調べてみたが、見つけることができなかった。しかたなく、先のような文章になってしまった。私としては、山茱萸の名を入れこむことで、御礼と感謝をこめたかったのだろうと思う。

勝彦さんは、北野登が小林康治を代表に迎えて創刊した俳誌「泉」を昭和五十五年から継承し、平成二年まで代表を務めた。その後は一同人として研鑽《けんさん》を続け、句集『秋興《しゅうきょう》』で第三十九回俳人協会賞を受賞する。勝彦さんの後継主宰が綾部仁喜さんである。

初期の俳句に、

冬の泉日の一炎を置きにけり　石田勝彦

という一句があるが、すでに当初から「職人芸」を身につけていたのが分かる。

撮影が終わったあと、誘われて近くの喫茶店でケーキセットをご馳走になった。店内は混んでいて、狭いテーブルをはさんで勝彦さんと向き合ったのだが、肝心の話の内容は、すっかり忘れてしまっている。楽しそうに笑っていた勝彦さんの顔だけを覚えている（俳句の話はしなかったのかも知れない）。

この撮影の四年後、勝彦さんは亡くなられた。結局、実際にお会いしたのは、この撮影日のみになってしまった。山茱萸の花の下で、少し猫背の体勢で微笑んでいる勝彦さんの姿だけが、いまも脳裏に焼きついている。

「冬耕」二十一句という作品群が、「俳句研究」平成十五年四月号に掲載されている。

憩はせてをりたる足や秋の水　　勝彦
ひとかかげなる門前の紅葉かな
冬耕の鍬したたかに打たれけり
大根干す匂ひをくぐりゐたりけり

体調不良のなか、韻文精神と俳句への強い希求は最期まで健在であった。

じつは不思議なことなのだが、この勝彦さんの作品が載っている号と同じ号に、綾部仁喜さんの作品二十句も掲載されている（通常、同じ結社の俳人は、同じ号のなかでは重複しないようにしているはずなのだが）。

「寒の内」と題した綾部さんの作品から抽《ひ》く。

こころまづ動きて日脚伸びにけり　綾部仁喜
そのほかのものは映さず鴨の水
踏むことの懇ろなりし寒渚
寒林といふ明るさに歩みけり

もうひとつ不思議なことがある。勝彦さんを撮影した同じ年に、私は綾部仁喜さんの口絵撮影も行い、同年九月号に掲載している。一年に二人とも登場しているのである。いまとなっては、その理由は不明だが、私はこのころから綾部仁喜さんとの淡交が始まっていくことになる。

＊

綾部仁喜さんと最初に話したのは、いつだったのだろう。ただ、初めての写真撮影のときが、その早い時期にあたることは間違いない。「俳句研究」の巻頭カラー写真は、毎回が俳人の写真だった。そのとき話題性のある俳人を選び、撮影をお願いしてきた。これは私が決めたことではなく、歴代の編集長が引き継いできた企画を、私もまた踏襲したのである。

平成十二（二〇〇〇）年の早春、石田勝彦さんを撮影して五月号に掲載したあと、勝彦さんの所属する俳誌「泉」の主宰者である綾部仁喜さんを撮影し、同年九月号に掲載した（余談だが、この九月号は飯島晴子さんの追悼特集号だった）。

この当時の私は、雑誌担当になってまだ一年未満のころである。綾部さんに決めるにあたっては、編集部で手伝っていただいていた鈴木豊一さんの推薦もあったように記憶している。

掲載された写真に添えた私のキャプションを、書き写してみる（いま読み返すと、稚拙な文章で本当に恥ずかしい。綾部さんにも申し訳ない思いになる）。

「泉」主宰として11年。今年は石田勝彦氏の俳人協会賞ほか、受賞者が相次いだ。現代俳句界〝注目の一誌〟に育てあげ、厳しい選句には、さらなる熱意がこめられる。〈応ふるに草刈鎌を以てせり　仁喜〉。

文中に「厳しい選句」とあるが、選句が厳しいのは俳人として当然のことだろう。それよりも私は、「厳しい」ということばを使いたかったのだろうと思う。

綾部さんは厳しい俳人だ、怖い俳人だと思っていた。そう思い込んでいたのである。なぜそう思ったのか、いまもって分からない。誰かから、そんな風に聞いたことがあるのかもしれない。

そのせいもあったのか、撮影が決まってからは、綾部さんの作品が掲載された雑誌や句集を読み返したりして、自分なりに事前学習をした。それでも、撮影の日が近づくにつれて胸が苦しくなり、心身ともに緊張が増していった。

撮影地は、東京・八王子市。

雑談を交わしながら、撮影は順調に進んだ。

じつは、私は、呆気にとられていた。綾部さんが、あまりにも機嫌が良く、あまりにも笑顔で対応してくださったことに驚愕し、そして安堵したのである。

安心感が昂《こう》じたせいか、その時の会話のほとんどを、私は忘れてしまっている。ひとつだけ覚えているのは、雑誌経験の浅い私に向かって「編集長さんの思った通りに、やればいいんだよ」と励ましのことばをいただいたこと。このひとことは、「俳句研究」という歴史ある俳句総合誌の重圧に負けそうになっていた私に、一筋の光明を示してくださった。「身の丈にあった方法で頑張ろう」と、私に生気を吹き込んでくれたのである。

つまり私はこの撮影で、「怖い俳人」という綾部さんの印象を払拭し、併せて今後の雑誌編集の基本姿勢も見出して、安心したのである（本来は著者を励ますのが編集者の役割であるのに、私は逆に励まされてしまったのである）。

掲載されている綾部さんの二枚の写真は、どちらも笑顔の写真である。この笑顔のまま、その後も綾部さんの口からは、たくさんの俳句への箴言《しんげん》が生まれていった。そんなことが、これからもずっと続くのだと私は思っていた。

しかし、撮影から四年後の平成十六年、悲しいことが起きてしまう。綾部さんが、自身の声を失ってしまうのである。それがどんなにつらいことであるかは、私などの想像をはるかに超えることである。

そして、綾部さんと「声」を介して会話ができなくなって初めて、私は気づかされる。撮影のときの綾部さんの機嫌の良さは、リップサービスだったのだ、と。

優しい心と、非情な心。ふたつの心情を、綾部さんは同居させていた。そして、私たちマスコミ関係者には、俳句への悲痛なまでの刻苦は、決して見せることがなかった。

悩んだ末に私は、非情とも思える依頼をするために、声を失った綾部さんの病室を訪ねるのである。

＊

綾部仁喜さんの入院する病院に着くまでの道すがら、私は「鬼になろう」と思っていた。綾部さんに会ったら、鬼になるのだ。そんな風に自分に暗示をかけ、鼓舞していた。

しかし病室に入り、喉を管で繋がれた綾部さんの姿を見たとき、決心は揺らいだ。それは、私の想像を超えていた光景だった。さらに悲しいことに、そんな外見とは裏腹に、綾部さんの表情は明るく、快活で、いつもの通り筆談による楽しいやり取りが始まったのである。

このまま、単なる「お見舞い」で済まそう。そんな思いが何度もよぎったが、やはり「鬼になろう」と決めて、私は恐る恐る話を切り出した。

「綾部さん。今回の気管切開手術という体験を柱に、俳句を作りませんか。句数は自由。締切も自由です。原稿を受け取ったのち、最短の号に載せます」

綾部さんは一瞬驚いた表情を見せたが、しばらくして「考えてみます」と答えられた。私は、続けた。

「ただし、掲載されますと、綾部さんが声を失ったという事実が、広く俳壇に公開されます。もしそれがお嫌でしたら、この作品依頼は潔くあきらめます」

「石井さん。締切が自由なのはありがたいが、やはりご依頼の句数と、締切を記した依頼書を送ってください」

そう言われて、すぐに依頼書をお送りした。

数か月後、新作の俳句が届いた。それは、「失声記」と題された素晴らしい三十二句の作品で、「俳句研究」平成十六年七月号に掲載された。

三月の咽切つて雲軽くせり　　綾部仁喜
咽の穴早出燕に見られしや
行く鴨の遥かに声を失へり

冒頭の三句。すでに冒頭から、綾部さんは自身の失声という運命を受け入れているのが分かる。そこに失意は見られない。私の心配は杞憂《きゆう》だったのである(というより、綾部さんの強靭な精神と俳句に賭ける自然体の意志が、そのときの私には分かっていなかったということになる)。

筆談の指先あたりかげろふか　仁喜
咽栓《カニューレ》を嵌めなほす日の松の花
五十音図指さして春惜しみけり

どの句も、綾部さんの境涯が見事に作品化されている。病室で過ごす日常を淡々と述べているように見えるが、私には具体的な映像を伴って、鮮明に迫ってくる。哀しくて、何も言えなくなる。

いま読み返すと、筆談・咽栓・五十音図など、どれも悲痛な状況なのに、(失礼な言い方かもしれないが) 綾部さんの「微笑み」が行間から見て取れるような気がする。それは、俳句という詩型が持つ向日性《こうじつ》のせいなのだろうか。

後日、インタビューを行ったとき、このときのことを綾部さんは、こんな風に話している。

「四月頃だったと思いますが、「俳句研究」からお話しをいただいたとき、気管切開という、わたくしにとっては重大な手術を受けたあと、まだ日も浅く、かつ入院中の身でもありますので一度はお断りしたのですが、石井編集長さんがわざわざ病室まで来て説得されたので、お受けしました。説得の言葉は「大作に取り組むことは必ず生きる気力を強化する」というものでした。そして事実、句作を始めてみると、そのことが一日一日の具体的責務また目標となって、気持ちが生き生きと前向きになってくるのが実感されました。本当に生きる気力が強化されたのです」

文中で「大作に……」云々という発言を私がしたことになっているが、私にその記憶はない。たぶん似たような発言を、綾部さんが見事に文章化してくださったのだろう。ともあれ、この依頼を綾部さんが喜んでいたことが分かり、私はとても嬉しかった。

しかし、私の中には割り切れない一抹の思いが、いまでも残っている。もしかしたら綾部さんは、静かに晩年を送りたかったのではないか。私の依頼は、平穏な日常を乱してしまったのではないか。そう思うと、この仕事の難儀な部分を苦く思いながら、私は綾部さんに心からのお詫びと御礼を何度でも言わなくてはならないと思ってしまう。

＊

「文七元結《もつとい》」という人情噺《ばなし》がある。

江戸・本所だるま横町に住む左官の長兵衛さん。腕はいいのだが、大のばくち好き。自分の道具箱まで質に入れてしまい、年の瀬だというのに借金地獄。夫婦喧嘩が絶えないのを見かねた娘のお久《ひさ》は、わが身を売って金を作ろうと吉原の佐野槌《さのづち》に駆け込んでしまう。

佐野槌の女将《おかみ》は五十両を貸し、お久の身柄を預かる。帰り道、吾妻橋で身投げをしようとする若者を見つけた長兵衛は……という話。

テンポの良い噺のため、何度聴いても気持ち良く、大笑いする。そして最後には必ず泣かされてしまう。

この噺は冒頭の佐野槌の女将と長兵衛のやり取りに、まず驚かされる。長兵衛を助けるつもりの女将は、いくらあったら借金を返せるのかと問い、言いしぶる長兵衛に「五十両貸してあげよう」と言い、代わりにお久を預かると言う。

「それで、いつ返してくれるんだい」という問いに、のらりくらりと返答する長兵衛。ついに、女将は言い放つ。

「では、来年の大晦日まで待ってあげよう。いいかい、大晦日だよ。一日でもそれを過ぎると、私は、鬼になるよ。この子を店に出すよ。その時に、私を恨んでくれちゃあ困るよ。いいね」

この「鬼になるよ」ということばは、衝撃と恐怖の一言として、いまも私の脳裏に刻み込まれている。

閑話休題。

声を失った人の悲しみを、私は私なりに理解していたつもりだが、本当にそうだったかと問われると自信はない。本当のところ、分かっていなかったのかもしれない。

綾部仁喜さんの「失声記」発表後は、以前よりも病院を訪ねることが増えていった。会話は筆談によるものだったが、綾部さんの明るい表情と俳句への厳格な志を聞いて、私はいつも安堵して帰途についた。

そんな訪問が何回か続いたあと、私のなかで再び「鬼のような企画」が頭をもたげてきた。それは壮絶な企画だったので、思いつきにとどめておき、綾部さんに言い出すことは控えようと思っていたのだが、結局は口にしてしまった。

編集という仕事のせいにはしたくないが、本来、編集業とは非情なものであり、私はその尻馬《しりうま》にのったひとでなしなのかもしれない。もう一度、「鬼になろう」と決めて、綾部さんの病室で私は切り出した。

「綾部さん、インタビューをさせてください。今回の体験や俳句への思いを、語ってくれませんか」

綾部さんは、やはり、驚いた。当惑した様子で、声が出ないのにどう話せというのか、という顔を向けた。私は、あらかじめ考えていたインタビューの方法を伝えた。

インタビューアーの髙柳克弘さんに、前もって質問事項を書き出していただき、その回答を綾部さんは原稿用紙に記しておく。当日は、質問を髙柳さんが読み上げ、回答を藤本美和子さん（当時「泉」編集長）が読み上げる。それを聞いて、髙柳さんが追加の質問を行い、それに綾部さんが筆談で答える。それを繰り返す、というものだった。場所は、綾部さんの入院する病院のロビーをお借りした。

インタビューは平成十七年五月に行われ、同年九月号の「俳句研究」に掲載された。

終了後、綾部さんから「喋れないのに、この企画は無茶だよ」とメモを渡され、私はそれも編集後記に記した。達成感からくる喜びの声だと受け取って書いたのである。しかし、それは勘違いだったのではないか。不自由な環境の中で、充分な受け答えができなかったことへの無念の思いだったのではないか。

私はあのとき、自分の企画に陶酔していなかっただろうか。そんな自責の念が、いまも消えずに込み上げてくる。もっと別の方法があったのではないかと思ってしまう。

落語「文七元結」の女将は、本気で「鬼になる」つもりだった。脅迫ではなく、自身の覚悟から発している思いやりのことばなのである。私は、鬼になる覚悟もなく、鬼のふりをしただけだったのではないかと思う。

綾部さんが亡くなり、私も編集の現場を離れたいま、夢に立つ綾部さんにそっと訊いてみたい。あの時のひとでなしの依頼を、お許しくださいますか、と。

*

それはごく普通の、どこにでもある白いメモ用紙だった。数十枚を束ねて売られているメモ用紙である。筆談用に、いつも数冊分が、綾部仁喜さんのベッドサイドには積まれていた。

私が病室を訪ねると、綾部さんはすぐに起き上がり、メモ用紙を片手に持ち、右手には

2Bか4Bくらいの濃い鉛筆を持って、ニコニコしながら私の第一声を待っていた。たとえば、「お元気でしたか」と尋ねると、すぐさまメモに文字が記され、「相変わらずだよ」という文字と綾部さんの微苦笑を私は見ることになる。

綾部さんの鉛筆を走らせる速度には、いつも驚かされた。尋常ではない速さなのである。その上、楷書《かいしょ》の文字は読みやすく、内容も分かりやすいものだった。

メモ用紙は小さいので、一枚には四、五行しか書けない。長い文章は、三、四枚になることもあった。その間、私は綾部さんの手許を見ているのだが、「待たされた」と思ったことは一度もなかった。渡されたメモを一瞬で読み、すぐに応えることができた。これでは、「声を出して話す普通の会話と同じじゃないか」と毎回驚いていた。

一回の訪問で、メモ用紙は、数十枚以上になった。了解を得て、そのうちの何枚かをいただいてきたこともある。ほとんどが、私への激励と、担当していた俳句総合誌への励ましのことばが、ちりばめられていた。

綾部さんの前で、私は、どんな表情をしていたのだろうか。

想像するに、おそらく神妙な顔つきで、ずっと俯《うつむ》きながら対していたように思う。綾部さんから見れば、それは自分への気遣いと映ったかもしれない。

もちろんそうした気持ちもあったが、どこか心の芯の部分では、私は綾部さんに甘えていたのだと思う。子どもが親に上手に甘えるように、綾部さんを頼りにしていた。「見舞い」という名を借りて綾部さんを励ますつもりが、じつはわが身の窮地を救い、励ましてもらいたかったのである。メモを読み返すと、そのことがよく分かる。

綾部さんからは、何枚か短冊を頂戴した。直接渡されたものや、当時編集長だった藤本美和子さん（現「泉」主宰）経由でいただいたこともある。どのときも、私が落ち込んでいるか、大きな悲しみに襲われているときだった。声も出ないくらい打ちひしがれているときに、声を失った綾部さんから「俳句」という救いの「声」が届き、どれだけ慰められたか分からない。

「俳句は片隅でひっそり生きるのがふさわしい」というのが、晩年の綾部さんの俳句観だった。

冬泉命終に声ありとせば　綾部仁喜
沈黙を水音として冬泉

読んでいて息づまるような俳句であり、綾部さんの俳句への強い思いを見事に示している名句だと思う。

綾部さんは、敬愛する石田波郷の句のほかに、芭蕉の〈秋近き心の寄るや四畳半〉という俳句を愛唱していた。芭蕉の悲しみを知る三人と巻いた四吟歌仙の発句である。人柄も生きざまも分かり合える身近な間柄の心が寄り合い、その息づかいの感じられる句座が理想だと言われていた。

一見、閉じてしまうような見解に思えてしまうが、究極は、そのような少数精鋭の句座を経て、はじめてひろやかな俳句の世界が見えてくるということなのだろう。閉じてゆくのではなく、そこを核としてひろがってゆく世界。それを信じていたからこそ、私のように実作をしない人にも、俳句と関わっているというだけで、優しく接してくださったのだと思う。

俳句に厳しいのは、俳人ならば当然のこと。しかし、私がいま思い浮かべるのは、厳しい顔の綾部さんではなく、明るい病室のなかで笑っていた綾部さんの姿である。まるで、少し華やぎのある「春灯」のような笑顔だった。

平成二十七年一月十日。綾部仁喜さん、逝去。享年八十五。失声してからの入院生活は約十一年に及んだ。

綾部さんとの思い出は、そこだけポッと光が射したような断片の記憶である。しかし断片の数々は、いつしか私の体中で何本ものネジとなり、いまの私を支えている。

満腔の感謝と御礼を、私は言わなければならない。

きのふけふ――田中裕明

田中裕明（たなか・ひろあき）一九五九〜二〇〇四
大阪府生まれ。俳誌「ゆう」主宰。句集『先生から手紙』『夜の客人』ほか。没後『田中裕明全句集』刊。

「きのふけふ」は、漢字では「昨日今日」と書く。

辞書を引くと、「昨日と今日」というのが第一義だが、そのほかに、昨日から今日に続く日という意味で「つい最近」とか「近頃」という意味もある。

私にとって、あの年の「十二月」は、文字通り昨日今日のことのように鮮烈に思い出される。数えると、もう十九年が過ぎていることに、驚いてしまう。

平成十六（二〇〇四）年十二月のことである。十二日に鈴木六林男《むりお》氏が亡くなった（八十五歳。以下カッコ内は享年）。十四日、成瀬櫻桃子《おうとうし》氏（七十九歳）。十六日、桂信子氏（九十歳）。十八日、鳥居おさむ氏（七十八歳）と訃報が続いた。

まるで雪崩《なだれ》を打つように、一塊となって俳人諸氏が鬼籍に入られた。こんな経験は初めてで、このような悲嘆の連鎖も初めてだった。大きなひとつの時代が、静かに幕を閉じようとしているように感じられて仕方なかった。

しかし、私には悲しみに浸る時間はなかった。当時、俳句総合誌を担当していた私は、

「これは毎号、追悼文を載せ、追悼特集号を作るしかない」と覚悟を決めていた。なぜ覚悟が必要なのかといえば、追悼号（追悼頁）を作るためには追悼文を書いてもらう必要があり、この執筆者を決めるのが大変な作業なのである（鈴木豊一さんが「俳句担当の編集者は追悼号を作って一人前。その内容で力量が知れる」と言っていたのを思い出す）。

追悼文は、油断していると大手新聞社系に先を越されてしまい、あとから依頼しても断られることが多かった。それでも私は失礼を顧みず、「同じ内容でもいいです。媒体が違いますので、お願いします」などと強引に頼みこんだりしていたが、これは書く方からすれば無理な話で、大抵は断られてしまった。ただ、故人を知悉《ちしつ》する他の俳人の方々を教えていただき、大いに助けられたことも多かった（勇気を奮って電話してよかったと思う瞬間だった）。

追悼号は、追悼文を数名載せて事足れりとするのならばいいのだが、私は多くの人に書いて欲しかった。そして、故人を知らない若手俳人にも書いてもらいたかった。

そこで、「一句追悼」という頁を設け、故人の一句を掲げてペラ一枚（四〇〇字）の短い追悼文を書いてもらい、一頁に三段組（三名）で掲載した。これならば執筆の負担をかけずに依頼でき、雑誌も大幅な増頁にはならない。追悼文を断った方々も、この一句追悼には承諾していただき、執筆いただいた方がたくさんいる。

こんな風にして執筆者を確定していき、その後、通常の連載や作品依頼を調整して追悼号の誌面構成を決めていくのである（執筆者には内諾だけをいただき、追悼号の月号が確定した段階で、締切を記した執筆依頼書を発送した)。

さて、この年の年末は、一連の追悼号の仕掛りも一段落し、月刊誌恒例の年末進行も終えて、少時の休暇を取ることができた。私は実家に帰って年用意を手伝っていた。

そこに、暮れも押しせまった十二月三十日、突然連絡が入った。田中裕明さんの訃報だった。驚愕唖然《あぜん》として、しばらく放心状態だったのを、昨日のことのように覚えている。それでも気を取り直して、私は実家から多くの俳人に電話をかけ続けた。この年はおだやかな日和が続いていたのか、古い実家の縁側に、やわらかい冬日が差しこんでいた。そんな光景を、不思議にいまも覚えている。

大学も葵祭のきのふけふ　田中裕明

裕明さんのことを思うとき、最初に浮かぶのが、この句である。第一句集『山信』所収。初期の代表句のひとつだが、なぜこの句を思い出すのか分からない。愛唱する俳句はほかにもたくさんあるのに、まずこの句なのである。

「きのふけふ」という措辞が最初はよく分からなかったが(そして、いまでも理解したと言える自信はないのだが)、なぜか懐かしい情感に包まれる一句なのである。

裕明さんとは、じつはあまり話をしたことがない。ふたりで話しこんだということも、たぶんないように思う。それが、ここ数年、私自身が京都を旅する機会が増え、旅の道すがら、ふっとこの句を思い出すことが多くなった。まるで、裕明さんから話しかけられているかのように。

*

田中裕明さんと最初に話したのは、いつだったのだろう。

それまでにも、約束をして二人だけで話したという記憶はない。数人で立ち話をしたということも、ほとんどなかったと思う。

なぜなのだろう。思えば、裕明さんは俳句関係の授賞式などには来られなかったし、俳句結社の周年祝賀会などでも、見かけたことがなかった。主宰誌を持ってからも、マスコミ関係者と積極的に接触することもなかったと思う。つまり、お会いする機会が驚くほど少なかったのである。

そんななかで最初にお会いしたのは、私が俳句総合誌の担当になってすぐのころだと思う。正確な年次は思い出せないが、平成十一（一九九九）年か十二年ころ、裕明さんが「ゆう」を創刊する前後のころだろうと思う。

当時、関西俳壇のことを何も知らなかった私は、ある俳人から「関西には、すごい若手俳人がいますよ」と言われ、その人に会食のセッティングをお願いした。「すごい若手俳人」とは、田中裕明という名前だと聞いた。

お店の名は忘れてしまったが、京都から大阪に向かう阪急電車沿いにある会席料理店だった。待ち合わせが夕方だったせいか、裕明さんは職場から直行されたのだろう。勤務先の製作所の名入りジャンパーを着て現れた。

仲介してくださった俳人と三人で、卓を囲んだのだが、さて、どのような話をしたのか。残念ながら、私は話の内容を思い出せない。いったい、会話は弾んだのだろうか。肝心の俳句について、どんな話をしたのだろう。何も覚えていないのである。仲介いただいた俳人も、すでに故人となり、いまとなっては確かめる術がないのが悔しい。

私が覚えていることと言えば、意外にも裕明さんが酒杯を重ねていたこと、ゆったりと喋る人だなと思ったこと、艶のある魅力的な声、大尽の風格とも言える立居振る舞いなどである。それだけかと、またしても自分が情けない。

裕明さんにしてみれば、俳句の知識のない私と、俳句の話をしても仕方ないと思われたのかもしれない。せめて、この三年後くらいにお会いできたなら、もう少し話を聞くことができたかもしれない。そう思うと、時の巡り合わせを恨みたくなってしまうのである(現実に、平成十六年に裕明さんは亡くなってしまう)。

この日、裕明さんは楽しかったのだろうか。少なくとも退屈ではなかっただろうと思いたいが、私はそれを裕明さんに訊くことができず、そのままにしてしまった。

そんな些細な気がかりと後悔が、まるで小指の先に刺さった小さなトゲのように、いまでも気になっている。裕明さんは私にとって、ずっと「気になる俳人」だった。亡くなるまでも、亡くなられたあとも。

もちろん、実力のない私が気にしたところで、どうなるものでもない。しかも裕明さんの俳句作品は、すでに世評が高く、評価が安定していたので、編集者としても私が肩入れする必要はなかったはずなのである。ところが、お会いしてからというもの、私は「裕明さんの新作をできるだけ掲載したい」と理由もなく思い決めてしまったのである。
今回、「田中裕明年譜」（『田中裕明全句集』所収）を読み返し、改めて驚いている。私が担当を始めた平成十一年からの発表句数を、この年譜から記してみる。

平成十一年「俳句」⑪七句
平成十二年「俳句研究」⑧五十句
平成十三年「俳句」②十六句、⑩八句、「俳句研究」①十三句、⑫十二句
平成十四年「俳句研究」⑥八句
平成十五年「俳句研究」④三十句
平成十六年「俳句研究」⑥三十句
（丸数字は月号）

平成十一年以前は、「俳句」は定期的に作品依頼を続けている。「俳句研究」は平成四年の九句しか見あたらない。平成十二年からの「俳句研究」の大作依頼が、いかにインパクトの強いものだったかが年譜からも分かる（もとより自慢のために記したのではない）。
あのころの私は、ただ夢中で大作を依頼し、裕明さんも見事に応えてくださった。作品

の評価は読者がするものなので、私の仕事は、掲載頁を提供することと、依怙贔屓《えこひいき》だと言ってくる人たちに説明を重ねることだった。

編集現場を離れたいま、無責任かもしれないが、裕明さんの晩年の作品が残されてよかったと思う。なぜなら、会話の少なかった裕明さんと、作品を通していつでも、何時間でも対話ができるからである。哀しいけれど、嬉しい。

次にお会いしたのは、平成十四年の京都だった。

＊

平成十五（二〇〇三）年二月号の「俳句研究」に、高橋睦郎《むつお》さん、田中裕明さんによる対談が掲載されている。

この対談は、ふたりにとって初対談だった。そのせいか話題は、初学の頃、好きな俳人、詠むということ、師と師系など多岐にわたったが、どの発言も俳句への感謝と喜びにあふれていたので、「俳句の恩寵」というタイトルを付けて掲載した。長時間の対談となったため、掲載できなかった話題も多かったように記憶している（対談の録音テープは保存していないので確かめることができない）。

対談後に、この日の印象をもとに、それぞれ俳句を五句ずつ作っていただき、同時掲載した。今回、読み返していたら、裕明さんのこんな俳句が目に留まった。

はぜもみぢかへでもみぢと写生論　田中裕明

「ああ、そうだった」と突然、鮮烈に風景がよみがえってきたのである。対談の日は、あたり一面色づいた紅葉が美しく広がっていた。掲載誌の巻頭ツーショットのモノクロ写真の背景の木々は、見事な紅葉の色彩だった。そのことを、この俳句によってあざやかに思い出したのである（やはり、俳句はすごい）。

対談日は、前年の平成十四年十二月一日。対談場所は、京都・洛北の宝ヶ池プリンスホテル内にある「茶寮」という茶室だった。

じつはこの日、私は驚いたことがある。裕明さんがニット帽を被って現れ、一度も帽子を取らなかったこと。そして、妻の森賀まりさんと一緒に現れたことである。

普通なら、この二事で、ピンと来るはずである。あのときの自分の愚鈍さを、いまでも呪いたくなってしまう。

このころの裕明さんの身辺事情を記してみる。

平成十四年五月、左足骨折のため済生会京都府病院に入院。七月、退院。九月、急性転化のため京都大学医学部附属病院に入院。十二月、退院。（「年譜」より）

つまり、裕明さんは体調が万全ではないなかで、対談に臨まれたのである。相当な苦痛と体力を強いる対談だったろうと思うが、そんな素振りは微塵も見せなかった。錦繍《きんしゅう》の光景の中に立っていた裕明さんの姿がよみがえってきて、少し哀しくなってしまう。

そして、平成十六年。正確な月日が思い出せないが、少し肌寒かった記憶があるので、晩秋か初冬のころだと思う。京都で仕事を終えた私は、市内在住の岩城《いわき》久治《ひさじ》さんに連絡して、そのころ恒例となっていた祇園の「米《よね》」というバーで、当夜の締めの酒杯を酌み交わしていた。

だいぶ夜が更けてきた頃合いだったと思う。突然ドアが開いた。冷たい外気が吹きこんできたので、ふとドアの方を見たら、スーツ姿のひとりの青年が入ってきた。

それが、裕明さんだった。そのときの衝撃は、いまでも鮮烈に覚えている。「ひとりで。こんな深夜に。「米」さんに来るんだ。裕明さんも」という驚きだった。

椅子ひとりぶん空けてカウンターに座った裕明さんに、「どうしたんですか」とたずねると、「京都で仕事があったので、帰りに寄りました」と答えられた。会話は、これだけだった。三十分くらいして、裕明さんは帰られた。「終電に乗りますので」という挨拶を交わしたように思う。これが、裕明さんを見た最後になってしまった。

平成十六年十二月三十日、死去。享年四十五。あまりにも早すぎる死と言ってよいと思う。

あの日、裕明さんは、「米」に別れを告げに来たのだろう。長い間、私はそう思ってきた。しかし、このごろは、こんな風にも思えるときがある。別れを告げようとしたのは、

「米」さんにだけではない。〈京都という街〉に、別れを告げに来たのではないだろうかと。

おかしな発想かもしれないが、裕明さんがきちんと京都に別れを告げたからこそ、告げられた京都の街の地霊たちが、あたたかく裕明さんを迎え入れ、いまも彼を守り続けているのではないか。私が京都に行くたびに、裕明さんを思い出すのは、そのことを感じるからではないか。そんな風に思えて仕方ないのである。

最後に会った「米」は、いまはもう無くなってしまっている。しかし、裕明さんと共に過ごした短い時間は、私には「きのふけふ」のことのようになつかしく思い出される。まるで「葵祭」の俳句と重なるように。

およばずながら――編集者・鈴木豊一

「いやあ、すごいですね～」

編集部内に、鈴木豊一《とよかず》さんの声が響きわたる。

電話で話している相手は、おそらく原稿が届いたばかりの俳人だろう。原稿が届いたその日に、こうして御礼の電話をかける。それが、鈴木さんの流儀だった。

ただし、その声量が尋常ではない。部屋中に聞こえるほどの大きな声。しかし、心底驚き、心から感心している声なのである。そして、こんな風に続く。

「いやあ、すごいですね～。早い、早いです！　こんなに早くいただけるとは、思いませんでした。そして、内容がすごい、すばらしいです！　ありがとうございました」

早口で、一気に話し終える。迫力がある。電話の向こうで相手が喜んでいるのが、目に見えるようだ。だが、会話はここで終わらない。

電話する前に、さっと原稿に目を通し、気がついたことがメモしてあるのである。相手が喜んでいる隙を突いて、

「ところでひとつ、よろしいでしょうか。じつは、ここの部分が分かりにくいので、こんな表現にしたらいかがでしょうか」

相手はすぐさま、「分かりました。ご指摘の通りにいたします」となる。ここまでで、十分間くらい。見事としか言いようのない対応だった。

私は「俳句研究」という俳句総合誌の編集長を拝命した当時、俳句のことは何も知らなかった。俳人のことも俳壇のことも知らず、さらにいえば雑誌というものを作った経験もなかった。このことは、異動の内示のときも人事担当者に申し上げたが、「鈴木豊一さんがいるから、大丈夫。いろいろ教えてもらうといいよ」と言われ、不安とともに編集部に異動してきたのだった。

当時、私は四十代前半。鈴木さんは、定年退職後の六十代前半だった（もう三十年以上前の話になる）。

鈴木さんのことは、以前から知ってはいたが、こうして実際の編集現場を目の当たりにするのは初めてだった。私は強いカルチャーショックを受けて、かなり落ち込んだ。

鈴木さんのようになりたい。しかし、なれるわけがない。あこがれと絶望という、ふたつの気持ちの間で揺れる日々が長い間続いた。それは、いまでも続いているような気がする。

＊

鈴木豊一さんの職歴の詳細を、私はあまり知らない。本人も自分史を語る人ではなかったし、改まって職歴を伺う機会もなかった。

昭和十一年、山梨県上野原町（現上野原市）生まれ。大学を卒業後、角川書店に入社。入社試験の最終面接で、当時の角川源義《げんよし》社長に入社の目的をきかれ、月刊雑誌「俳句」の編集担当を希望したという。しかし実際に「俳句」の仕事をするようになるのは、だいぶ後になってからのことだった。「俳句」編集長を経て、昭和六十一年、「俳句研究」という月刊雑誌を角川書店の系列会社である富士見書房から復刊することになったときの、初代編集長が鈴木さんだった。以後、俳句の世界で長く雑誌編集に携わり、加えて書籍刊行にも腕をふるい、多くの俳句関連書籍や読本シリーズ、個人全集などを世に送り出した。「ミスター俳句」と呼ぶ人がいるくらい、さまざまな俳句関連書をオールマイティーにこなしてきた人だった。

鈴木さんの「俳句研究」編集長時代のことは、私はリアルタイムには知らないが、あとから聞いた話はいろいろある。

そのなかで、いちばんすごい話だと思ったのは、「鈴木さんは、飯田橋（ここに編集部があった）の道路をゲラを読みながら歩いていて、電柱にぶつかった」という話だった。本当の話かどうか分からないが、こうした都市伝説めいた話が生まれること自体、鈴木さんが傑出した編集者であるあかしだろう。

鈴木さんと初めて出会ったのは、私が三十代、鈴木さんが五十代後半のときだった。当時私は、『俳文学大辞典』という本を担当していたが、そのときの上司が鈴木さんだった。そのため、『俳文学大辞典』の編者会議などに同席していただく機会が多かったが、編者の尾形仂氏（俳文学者）、大岡信氏（詩人）、草間時彦氏（俳人）ら錚々《そうそう》たる人たちとの編集会議の席上で、当意即妙に、まるで神のような対応で難題を解決していく話術と手腕に驚愕した。鈴木さんの編集者としての実力と経験値の高さを実感し、「すごい人がいるのだな」と思った。

しかしその後、私は別の部署に異動になり、鈴木さんとは縁が切れてしまう。時が少し流れ、鈴木さんは定年退職を迎えるのだが、退職後も「俳句研究」編集部で後進の指導に当たっていると人づてに聞いていた。

人生には、ときに思いもかけないことが起きる。

縁あって、私は「俳句研究」編集部に異動になり、鈴木さんと再会するのである。

こうして、「すごいですね～」という声を聞きながら、私は、鈴木さんの編集の実際を見聞する機会に恵まれるのである。鈴木さんの愛してやまない「俳句」という文芸を仲立ちとして。

＊

私が編集部に異動になってすぐ、鈴木さんからプレゼントされた本がある。角川書店から刊行された『現代俳句大系』（全十五冊、昭和四十七年〜五十六年）という本である。

この本は、鈴木さんがひとりで編集した本で、ある日、重そうなバッグを持って編集部に現れた鈴木さんが、私の机の横にそっと荷物を置いた。「中身はなんですか」とたずねたら、「石井君の編集長就任祝いを持ってきたんですよ」と小声で言われた。宅配便で送ることなどせず、手ずから持参して、私に渡してくれたのである。

家に帰り、丁寧に紐でくくられた本を開いてみると、いまでは入手困難な俳人の句集がまるごと収められている。それは壮観としかいいようのない内容だった。さらに、その文字組みの編集センス、目次の構成、解説文の文字指定など、鈴木さんの俳句に賭ける情熱が活版印刷文字の行間からメラメラと湧き上がってきて、私は圧倒された。どんなに頑張っても、こんな本は私には作れない。いまでもそう思っている。

ところで、鈴木さんはなぜ、この本をくださったのだろう。渡されたとき、「家の本の整理をしていたら、たまたま出てきたから」と言っていたが、これはおそらく言い訳だろう。なんらかの意図があったはずであるが、それは結局のところ、分からずじまいだった。それを訊くことは私には怖くてできなかったし、鈴木さんからも言うことはなかった。

単純に「これから頑張りなさい」という激励と受けとめて、ありがたく頂戴したのだが、じつは後年になってこの本は、ものすごい威力を発揮することになる。

私自身が実際に句集を作るようになったとき、大いに役立ったのである。章立てや構成を考えるとき、さらに文字の大きさや行間などの指定で困ったとき、この本を開くと、「ほら、ここをごらん」というように回答が示されていた。まるで鈴木さんがそばに立って、教えているように感じられた。手取り足取り教えるということは、一切しなかった人だったが、「これを見て盗みなさい」と手渡してくださったのだろうと思う。

雑誌担当になって、私が一番困ったのは、俳人の方々への対応だった。

身近に俳人と呼ばれる人はいなかったので、俳人と呼ばれる人がどういう人なのか、私にはまったく見当がつかなかった。

どうしたらよいか途方に暮れ、思いきって鈴木さんにたずねてみた。

「俳人と、どんな風に接したらいいですか」

返答は、即答かつ明瞭だった。

「およばずながら、ですよ。いつも〈およばずながら〉と思いながら接することです」

ほかに何も補足はなかった。

もともと鈴木さんは、俳句に関する細かいことは一切口にしなかった。だから、この一言は金言のように私の脳裏に刻みこまれた。

いったい、「およばずながら」とは、どういうことなのだろう。私はとにかく「謙虚な気持ちを忘れるな」ということだろうと思い、以後はいつも「およばずながら」とつぶやきながら仕事を続けた。

いま、あのころの鈴木さんの年齢に近づいて、遅まきながら気がついたことがある。「およばずながら」とは、俳人諸氏を人生の先輩として敬いなさいということでもあったのだ、と。俳句の知識の多い少ないではなく、人生経験においては「およばない」のだから、決して思い上がらず、謙虚に接しなさいということだったのだろうと思う。

鈴木さんが亡くなって、もう五年になる。

「およばずながら」ということばに導かれて、私はこれまで仕事を続けることができた。日常生活ではあまり耳にしないことばだが、いまでも私の脳裏に楔《くさび》のように刻みこまれている大切なことばなのである。

いまでも鈴木さんは私の前を歩き、私はその背中を追い続けている。心のなかで「およばずながら」とつぶやきながら。

＊

「編集者は黒子である」

鈴木さんは、常にそう言っていた。

一冊の本を作るために著者を助け、著者と伴走するのが仕事であり、本が予定通り刊行できるのは、すべて著者のお陰であると思うこと。そんな鈴木さんの編集姿勢は、いつしか私の仕事への向き合い方の理想形になっていた。それが実際にきちんとできたのかどうかは分からないが、編集の仕事は面白いと私は思い始めていた。

しかし、俳句総合誌の担当になって驚いた。黒子の私が、表舞台に立たされる機会がぐんと増えていったのである。

俳句結社は創刊から五年目とか十年目に、周年記念の祝賀会をホテルの宴会場などを借りて開くことが多い。これは、会員相互の親睦を目的に行われるのだが、私はこの祝賀会に来賓として呼ばれる機会が多くなった。

「編集者が来賓？」と大いに戸惑ったが、取材をして記事にすることが仕事なので、時間の許す限り出席した。春や秋にはこうした行事が過密になり、毎週の土・日はさまざまな場所で祝賀会の掛け持ち取材ということもあった。

取材だけならいいのだが、もうひとつ仕事があった。それは、「来賓挨拶」というものである。これには、正直困り果てた。その結社や主宰者と長い付き合いがあれば、エピソードを語ることもできるが、当初の私は何も知らず、主宰者とも初対面というケースが多かった。

そのための対策として、挨拶用の原稿を事前に作り、その紙を何度も眺めて、挨拶直前までに記憶して挨拶をするという方法を取るようにした。時間と労力はかかるが、これで挨拶の重圧からは少し逃れることができた。

当時、鈴木さんと一緒に、祝賀会に出席したことが何回かある。

鈴木さんは長く俳句の世界で仕事を続け、句集等も多く手掛けていたので、恩義に感じている俳人はたくさんいた。そんな人たちが、記念の祝賀会に鈴木さんを招待するのである。私は、単に「編集長」という肩書で呼ばれただけだが、鈴木さんは文字通り「来賓」として招待されていた。

来賓としての鈴木さんの挨拶は、すばらしかった。

自分と主宰との出会い、知られざるエピソード、主宰の代表句、結社の会員への励ましのメッセージなど、心のこもるあたたかい、そして俳句への愛情にあふれた挨拶だった。

そのあとに私が壇上にあがるのだが、すでに私は話す前から落ち込んでいた。勝負の決まっている競技をこなしているような感覚だった（挨拶はべつに勝負ではないのだが）。

鈴木さんのような挨拶がしたいと思い続けていたが、それは叶わぬ夢だということは自分自身が一番分かっていた。

＊

俳句の祝賀会では、時々、二次会が設定されていることがあった。二次会では会員の生の声が聴けるので、私は誘われたら必ず行くようにしていた。一度だけ、鈴木さんと共に出席したことがある。

三々五々と人が集まり、そろそろ始まりというときに、司会者が突然、私を指名した。

「それでは石井さんに、乾杯のご発声をお願いいたします」

私が椅子から立ち上がりかけたとき、大きな声が聞こえた。

「石井君、やめなさい！　座りなさい」

それは、鈴木さんの声だった。私は凍りついた。驚いた司会者が、ほかの方に乾杯をお願いして、その場は事なきを得た。

あとで、鈴木さんに「すみませんでした」と謝りに行くと、柔和な顔でこう言われた。

「二次会の乾杯も、ひとつのセレモニーなのです。結社のなかに、ふさわしい人が必ずいるはず。結社のための会なのだから。その名誉を私たちが奪ってはいけないのですよ」

言われて良かった、と思った。編集担当になりたてのいま、これを言われて良かったと思った。この日以後、挨拶は慎重に臨むようになった。

一年くらいが過ぎたころのこと。鈴木さんが編集部で返信葉書を記入していたときに、声をかけられた。

「石井君は、この祝賀会に行かれますか」

私にも案内状が来ていたので、出席します、と言うと、

「それは良かった。では私は欠席しますので、〈編集長が代わりに行きます〉と添え書きをしておきますので、よろしくお願いします」

と言われた。もう、一緒に祝賀会に出ることはないのかと少し淋しい思いがした（実際、鈴木さんはそれ以後、案内状には欠席の返信を続けていたという）。

鈴木さんが欠席を決意したのは、私への思いやりだったのだと思う。同じ会社から二人

の出席はまずいということもあるだろうが、一番には私の仕事がやりにくいだろうという配慮だったのだろう。「次は君が頑張りなさい」という激励の意味もあったのだろう。

いま顧みて、私は頑張れたのだろうか。精一杯頑張ったつもりではいるが、鈴木さんほどの成果は出していないのだろうと思うと、期待に応えられず申し訳ない思いで一杯になるのである。

＊

鈴木さんが編集部にいて、雑誌に関わってくれたのは、一年間くらいだったと思う。具体的に細かく教わることは少なかったように感じていたが、思い返してみると、いろいろのシーンで適切な助言をいただいていたのだと、改めて気づかされる。

そのころ私が一番困っていたのは、原稿依頼である。

現在は異なっていると思うが、当時、毎号の原稿依頼は、のべ百人を超えていたと思う。それが、たとえば巻頭の五十句の作品依頼から、二十句、十二句、八句などと枝分かれしていく。さらに評論・エッセイなどの散文もある。何も知らない私に、これらの原稿依頼の適切な人選ができるわけがなかった。

間違った人選にならないために、鈴木さんに頻繁に相談した記憶がある。鈴木さんは、たとえば二十句欄の依頼に二人の人選が必要なら、倍の四人の候補を挙げてくださった。

「この中から、石井君が適当だと思う人に、依頼してみなさい。ただし、必ず候補の俳人全員の近年の作品を自分で読んで、自分で決めることだよ」

これは大変な作業だった。俳句初心者の自分が、俳人の人選をせよ、ということなのである。自分なりに作品を読みこんで、びくびくしながら依頼していった。

じつは、このころの鈴木さんのメモが数枚だけ残っているのだが、いまの目でみると、じつに良くできていると感心してしまう。どの候補の人も、みな同等の実力俳人で、だれを選んでも間違いはないのである。

鈴木さんはこんな風にして私を鍛えてくださったのだなと思い当たる。そして、自分で決めることで自信をもたせてくれたのだ、ということがよく分かるのである。

「とにかくゲラを読みなさい」ということも、よく言われた。

「原稿が届いたら、真っ先に読む。初校が出たらまた読み、再校で読み、校了寸前にまた読む。そして時間があるときには、ゲラを読みこむ。くたびれたら、ゲラを眺めているだけでもいい。とにかくほかのだれよりも、たとえるなら日本中で、あなたが一番ゲラを読んでないといけない」と言っていた。

ゲラを読み続けると、どんなことが起きるのか。くり返し読んでいると、自然に覚えてしまうものである。たとえ全文でなくとも、感銘したフレーズやキーワードみたいなものは頭に残る。これが、次に筆者に会ったときの話題のひとつとなり、親しくなっていった。そこから連載の企画にひろがっていくこともあった。「そういうことだったのか」と、鈴木さんが編集部からいなくなったあと、何度も感服したものである。

「読む」ということに関しては、「結社誌を読みなさい。とくに編集後記には必ず目を通しておきなさい」とも言われた。

これは、言われた日から実行した。しかし、結社誌の数が半端ではなかった。当時、日本には約八百の俳句結社があり、それぞれ月刊・隔月刊・季刊などと刊行形態は異なるが、俳誌を発行していた。そのうちの六割くらい、約五百冊の雑誌が毎月、編集部に送られてきていた。全部に目を通すのは大変だったが、頁をめくることだけは実行しようと思った。それが送ってくださった結社への礼儀だと思った。

編集部に出勤すると、その日届いた俳誌が机上に積まれている。原稿などの郵便物は、編集部員がチェックしたのち、未開封のまま同様に机に置かれていた。開封作業は私の仕事だった。雑用や電話に追われて読みきれないときは、昼の時間に十冊くらい持ち出して、ご飯を食べながら読んだ。それでも終わらないときは、バッグに詰め込んで、帰りの車中や深夜に家で読んでいた。

一年間くらいこれを続けると、不思議なことが起きるようになった。まず、俳誌を読むのが苦痛でなくなった。編集後記は、俳壇や結社の近況、動向を知る貴重な情報源になった。そしてゲラのときと同じように、筆者本人にお会いしたときに、「先月号の編集後記は感動しました」などという会話ができるようになった。私は、いつしか俳誌が送られてくるのを、楽しみに待つようになったのである。

一年が過ぎたころ、鈴木さんから、「私はもう雑誌には関わりませんので、石井君の采配で作っていきなさい」と言われた。その後は、私が相談しない限り、鈴木さんからは何も言われなかった。最後に言われたのは、こんなことである。

「二五〇頁前後の、このような雑誌は、ひとりで全部作るんだという気構えをもちなさい。原稿依頼の宛名書きから、著者交渉、進行管理、印刷所との折衝まで、自分で全部できるようにならないといけない。そのためには、大変だけど、まずは全部自分でやってみることだよ」

実際に自分で宛名書きを始めてみると、原稿依頼書に一筆、添え書きをしてみようなどと思うようになった。また、面白い俳誌の記事を読むと、それだけを伝えるために、すぐに本人に電話をかけたりした。印刷所には、印刷工程の見学会をお願いしたりした。

プライベートの時間はまったくなくなったが、少しずつ私は、俳句が面白いと思うようになっていくのである。

鈴木さんは、やっぱりすごい人だった。

＊

一度だけ、私の編集後記に、鈴木さんが朱字を入れたことがある。

それは、たった「一文字」の訂正だった。

編集担当になって、ちょうど一年目、十二冊目のそれは、平成十二（二〇〇〇）年八月号だった。この年の六月に飯島晴子さんが亡くなり、私は哀しくてオロオロしていたころである。

編集後記はこんな文章から始まっている（自分の編集後記を引用するのは、僭越《せんえつ》で恥ずかしいことだが）。

横浜市青葉区しらとり台――この地名を私はこれからも決して忘れないだろうと思う▼東急田園都市線青葉台駅下車、駅前の大通りを左にまっすぐ歩く。小学校下交差点を右に曲がり、しらとり川という小川に架かる小橋を渡ると、道は登り坂になる。三つ目の路地が見えたら右に曲がって、突き当りの家。駅から約15分のこの家に、その人は住んでいた。訪問の日は、まるで恋人に会いに行くように私の心は高揚し、心地良い緊張感で満たされていた▼いま、その坂を登ってもその人はいない。飯島晴子さん。6月6日、急死。享年79。――悲しい。

いま読み返すと、思いこみの強い文章で、恥ずかしくて仕方がない。飯島さんの家の道順を記しているが、ご遺族は迷惑ではなかったのだろうかと、いまごろ心配にもなる。もし私が、他人の文章としてこれを見せられたら、「思い入れはいいから、簡潔に」と言ってしまうだろう。しかし、ここまでは鈴木さんの眼を通過した。

鈴木さんが朱字を入れたのは、この次の段落である。

数年来の淡交が続き、私が小誌担当になってからは、遅れてきた出合いを取り戻すかのように、時間を惜しんで話し続けた。「一時間だけ」と決めて会うのだが、いつも深更に及ぶ。親子ほども年の違う私が、飯島さんとふたりで、台所のテーブルを挟んで延々と話しこむ。お互いに元気になって、手を振って別れる。たくさんの笑顔、凜とした俳談、至福で恍惚の時間。その延長に前号のインタビューがある▼次号は追悼号として、俳人・飯島晴子の句業を振り返る。読者の皆様からの投稿もお待ちしている▼訃報の日は前号の刷了日。その日から晴子俳句を読み直す日々が続いている。（隆）

これが、全文である。二十三年も前の文章だが、一所懸命に書いている自分に、「少し肩の力を抜けよ」と声をかけたくなる。

さて、引用した冒頭部分、〈数年来の淡交が続き〉は、原文では〈数年来の親交が続き〉だった。親交を、淡交に、鈴木さんが直したのである。

朱字を見たとき、おそらく私はムッとしたのだろうと思う。飯島さんとの交友に、少し水を差されたような気分だったことを覚えている。しかし鈴木さんは、理由は何も言わず、「直しなさい」とだけ言った。

あとになって、私はこの訂正の意味を、嫌というほど思い知ることになる。

俳句雑誌の編集後記とは、俳人諸氏に平等に目配りをしていることが前提で書かれる頁である。その上で、雑誌の編集方針、俳壇の現況などへのコメントを書く。自分の個人的な思いを開陳する場所ではなく、まして突出した思い入れは反感を買うことになる。鈴木さんは、そうした読者の反応を熟知していたのだろう。だからこそ、「親交」を「淡交」に直したのである。

そのことは、当時の私には分かるはずもない。しかし私は直されて、どんなに助かったか分からない。

この次の号は飯島さんの追悼号だったが、もし〈親交〉と書いていたら、読者にきちんと読んでもらえただろうか。飯島さんの評価にも影響が出たかもしれないなどと思うと、いまでもおそろしくなる。

一字の訂正。一字の恐さ。一字の有難さ。

私はこのとき、鈴木さんから大切な宝物をいただいたのだと思う。

＊

当時、編集部のスタッフは、鈴木さんのほかに三人の女性が在籍していた。

鈴木さんは、慰労会と称して女性スタッフと定期的に食事会を開いていた。私も何度か誘われたが、そうした場に行くのは憚《はばか》られたので、遠慮申しあげた。

あとになって、出席していた人から聞いたのだが、鈴木さんはいつも、こんなことをスタッフに伝えていたという。

「雑誌は、編集長のものです。あなたたちは、編集長の意向に沿って働くスタッフです。雑誌の責任を取れるのは編集長だけです。だからこそ、編集長を盛り立てて、惜しみない協力をするのが、あなたたちの役目なのです」

なんだか、胸が熱くなってしまうことばである。

こんなことを、私の知らない酒の席でスタッフに言っていたと知って、私は頑なに固辞していた自分を心から恥じた。

私にとって鈴木さんは、スーパー編集者であり、自分の担当雑誌が鈴木さんの眼からみれば不充分であるのは自覚していた。だから、批判されるのが怖くて、慰労会に行かなかったのである。なんと狭量で小心者だったのだろう。

おそらく、私が持てる時間のすべてを編集の仕事に集中できるようにという、鈴木さんらしい配慮だったのだろう。鈴木さんのそんな思いやりに、私は気がつかなかったのである。

鈴木さんは、私が一人前の〈編集長〉に育ってほしいと願っていたのだと思う。そのためには、陰に日向に協力を惜しまなかった。その心底には、「俳句を好きな人になってほしい」「俳句を愛する人でいてほしい」という強い思いがあったように思う。

私が本来の〈編集長〉になれたのかどうかは分からないが、「俳句を愛する人」にはなることができた。それは、現役を退いたいまも続いている。

いまさら御礼を申し述べても、鈴木さんは苦笑するだけかもしれないが、私はやはり、天上の鈴木さんに謹んで申しあげなければならない。

「本当に、ありがとうございました」と。

*

鈴木さんが七十代の初めころだったと思う。俳句の現場から身を退くという話を聞いた。いつかこの日が来ると思っていたが、ついにこの日が来てしまったかと、一抹の淋しさを感じた。

鈴木さんは大学卒業後から数えて約五十年間、半世紀にわたり角川一筋で編集者を続けた。この偉業は、きっと誰にも超えることはできないだろう。

鈴木さんの送別会をしようという話になり、本人に打診したところ、にべもなく断られたと聞いた。そうだろうな、と納得する。じつは定年退職のときも、次の富士見書房を離れるときも、送別会は一切開かれなかった。「黒子が舞台に立ってはいけない」ということは、晩年まで徹底していたのである。そんな頑固さが、私には魅力に思われた。

一線を退かれたあとも、私は鈴木さんに連絡を続けていた。それは近況報告などではなく、俳句書籍の企画の相談だった。

「雑誌だけでは利益はむずかしいので、雑誌と連動して書籍を作るようにしなさい」と、鈴木さんから言われていたからである。さらに、「俳句書籍の企画は、少し考えれば、十や二十はすぐ思い浮かびます。大事なのは、売れるのかどうか。読者がお金を出して買ってくれる企画なのかどうかですよ」とも言われた。

私は企画を思いつくと、すぐに鈴木さんに電話をして、感想を訊いていた。どんな俳人のどんな書籍でも、たちどころに企画意図や構成、一書の読ませどころ、新しみなどが速射砲のように返ってきて、いつも驚嘆した。そうしたときに、必ず最後に同じことを言われた。

「角川源義社長から常に〈企画なき者は去れ〉と言われ続けたのです。編集者は、企画が出せなくなったら終わりだよ。一方で、本と言うのは、著者だけでは出すことができない。編集者がいないと出ない。だから石井君、歯を食いしばって頑張るしかないんだよ」

そのことばに、どんなに勇気づけられ、慰められたことだろう。

担当していた「俳句研究」は平成十九年に、月刊誌としての役目を終え、休刊した。その後、発行所を別の系列会社に移し、直販雑誌（年四回刊）として復刊したが、そのときも私が継続して担当した。誠心誠意尽くしたつもりだが、約四年後の平成二十三年、再度の休刊が決まった。以来、「俳句研究」は復刊されていない。

私の落ち込みは相当なもので、その上に身辺に不幸事が重なり、何度も退職を考えたりした。その折々に私を救ってくれたのが、名句の数々であり、俳人からのことばだった。

俳句に出会っていて良かったと心から思える瞬間だった。

「俳句研究」が完全に休刊になったあとは、鈴木さんに連絡することもなくなり、いつしか音信は途絶えてしまった。人づてに聞いた話だが、鈴木さんは一連の休刊について、「石井君にすまないことをしたのかもしれない。自分が俳句の世界に誘わなければ、違う編集者人生もあっただろうに」と言っていたという。

伝言のようにして伝えられたこのことばに、またしても私はうなだれてしまう。

「鈴木さん、違うのですよ。私は俳句と出会うことができて心からありがたく、感謝しているのです。それは現役時代もそうでしたが、退職したあとのいまも、俳句が身近にあって良かったと思っています」

そんなことばを返信の伝言にして、天上の鈴木さんに伝えることができたらなと思う。

＊

『俳句編集ノート』という本がある。

四六版カバー装、二五六頁。帯付。平成二十三年五月三十一日、石榴舎《せきりゅうしゃ》刊。定価二〇〇〇円（税別）。

一見すると角川選書のように見えるこの本の著者は、鈴木豊一さんである。

発行元の石榴舎とは、鈴木さんが起業した個人出版社で、社名の由来は「果実の石榴《ざくろ》が好物だから」と聞いたが、おそらくもっと深い意味があるのだろう。

　この本は鈴木さんがまとめられた、生涯で一冊だけの単行本である。引退後の鈴木さんは、自身のブログを始めたりしていたが、私は詳しい消息を知らなかった。本を作っていることも知らなかったので、突然、著書が送られてきたときは、かなりびっくりした。

　帯文も鈴木さん自身が書いたと思われる。帯の表には〈忘れ得ぬ作家と俳人〉と大きく惹句があり、

「俳書、俳誌の編集四十余年の体験を綴る俳句礼賛の書」

とある。続いて、

「司馬遼太郎、松本清張、藤沢周平、檀一雄、井伏鱒二、永井龍男、山口瞳、戸板康二ら俳句を愛した作家との一期一会と、交誼《こうぎ》を得た俳人たちの思い出」

と記されている。

　じつは鈴木さんの文章は、「俳句」や「俳句研究」の編集後記を読むと分かるのだが、引き締まった硬質な文体で、なにより俳句への高潔で深い愛情があふれている。鈴木さんの編集後記のファンだという俳人に、私は何人も会ったことがある。

　私は鈴木さんの文章の冒頭のひとことや、最後のトメのことばに、いつも参ってしまう。

「カッコいい！」と思ってしまうのである。

　たとえば、この本のなかの「桐の花　藤沢周平」というエッセイは、

「藤沢周平は寡黙な人だった。大泉学園のお宅の応接間で、和子夫人の出してくれるお茶

と和菓子をいただき、ひと息ついたころ、二階の書斎から藤沢さんはゆっくりとおりてくる」

と始まる。これから何が始まるのだろうと、興味津々、ワクワクする。末尾の一文は、次

のように終わる。

「桐の花は、悦子さんへの追慕と、初心の時代を象徴する「心の花」だったように思われ

る」

ほかに、こんな文章もある。

「晩年に秀句なしと句作を絶ち、句碑一基の建立さえ拒みとおした龍太の潔い決断。生涯

現役を貫いた澄雄の自恃と自励。交誼をえた比類なき俳人への鴻恩をかみしめている」

（「漂泊と定住　追憶の澄雄、龍太」）

飯田龍太と森澄雄という二大家への短にして的確な評価。こんな文章はほかの人には書

けないのである（恥ずかしながら「鴻恩《こうおん》」ということばを、私はこの文章で知った）。

文体に魅かれたこともあるが、私は折に触れてこの本を開いてきた。この本は私にとっ

て、俳句に向き合う指南書であり、落ち込んだときの激励の書であり、背骨が曲がりかけ

て思い上がりそうなときに厳しく叱正《しっせい》して、真っ直ぐにしてくれる矯正本でもあったから

である。

本を開くと、鈴木さんの肉声が聞こえてくる。同時に、鈴木さんと共にした時間や風景

がよみがえってくる。

「およばずながら」と教えられてきたが、やはり私は鈴木さんに「およばない」のである。いつもそう思ってきた。およばないのは、仕方がない。ならば、前を歩く鈴木さんの背中との距離が、これ以上広がらないよう努力するしかない。そんな初心に帰ることができる本でもある。

平成三十年、鈴木さんは静かに亡くなられた。訃報は、だいぶあとから知らされたため、葬儀には行くことができなかった。おそらく、生前にそのような意志を伝えていたのだと思う。

『俳句編集ノート』の「あとがき」に、〈会社勤めに曲折はつきものだが、気がつけば、いつも転機を救ってくれたのが俳句だった〉とある。私の人生にこの一文を重ねるのは僭越なのだが、いま私も、心からそう思う。

俳句に助けられて、私はここまで来ることができた。数回訪れた危機や転機も、俳句があったおかげで救われた。そして、〈転機を救ってくれたのが俳句だった〉と鈴木さんは書いているが、私の場合、転機を救ってくれたのは、「俳句」と「鈴木さん」だった。

最後に、「俳句研究」復刊第一号が富士見書房から刊行されたときの初代編集長・鈴木豊一さんの編集後記の冒頭を書き写しておきたい。

縁あって、「俳句研究」の発刊を富士見書房が継承する。誌歴五十余年の名をはずかしめぬよう、微力をつくしてゆく。いま、本誌の何度めかの復刊にあたって、ただ俳句への尽忠のみを誓い、読者各位のご支援ご鞭撻を切にお願いしたい（以下略）。

（「俳句研究」昭和六十一年一月号）

私もまた「縁あって」、鈴木さんと出会うことができた。そのことを、生涯感謝し続けるだろう。

すこし長めの　あとがき

掌《て》をあてて言ふ木の名前冬はじめ　石田郷子

森の中を散策しているのだろうか。静かな時間のなか、掌をあてて、木の名前を呼んでいる作者が見える。

当時、作者から編集部に句稿が届いたとき、即座に電話したことを思い出す。この句のなんとも言えない郷愁と、「冬はじめ」という季語の斡旋《あっせん》に感銘を受けたからである。この句は「俳句研究」に発表されたのち、句集『木の名前』(平成十六年)に収められ、作者の代表句の一句となった。初見以来二十年以上、私の胸中で鳴りつづけている愛唱句である。

想像をふくらませると、新しい季節のはじまりに、まるで儀式のように掌をあててものの名前を言うことは、素敵な季節の迎え方だなと思う。

今回、単行本化にあたり拙文をまとめて読み返していたら、ふっとこの句が飛びこんできて、鳴りやまなかった。俳句作品と自身を重ね合わせるのは僭越《せんえつ》だが、どこかこの本に通底するものを感じたのだろう。もちろん、私の場合は木の名前ではなく、「俳人の名前」を呼んでいるのだが。

恩義を受けた俳人の方々について、心をこめて書いたつもりだが、確実に「掌をあてて」書けているのかどうか自信はない。いまはただ、「冬はじめ」という季節にこの本が刊行されることを喜びたいと思う。

この本は、私の個人的な思い出を綴《つづ》ったものである。俳壇の裏話を集めたものでも、知られざるエピソード集でもない。ましてや俳人論などではないことを、まずお断りしておきたい。

ではどんな本かといえば、駆け出しの俳句編集者が俳句と出会い、俳人と一緒に過ごした時間のなかで、俳句に助けられ、俳人に叱られながらも育てられていく、という物語といえるだろうか。いや、そうやって育てていただいたことに、いまごろになって気づいた感謝と悔恨の書といった方がより正確かもしれない。

俳句の編集現場から退いて以来、遠い記憶の風景やささいな会話の片々が、時空を超えて突然あざやかによみがえってくるときがあった。それらは、最初は断片でしかなかったが、ある瞬間から結合を始めると、魂を得たように動き始めた。そうして見えてきた風景を文字に残しておきたいと思ったのが、執筆の動機である。

文字にした途端に、断片は記憶から離れ、新しい命を得た物語になってしまう。美しい物語にしないように、事実は断片のまま残すことを心掛けたが、甘い物語に流れてしまった部分もあるかと思う。ご海容を乞《こ》う次第である。

また、本書に収めた俳人たちはすべて私の任意によるものであり、配列も順不同である。内容もささいな事象が中心になっており、それぞれの俳人の代表句なども網羅していない。そのことも、お断りしておきたい。

いま、このあとがきを書きながら、私が書きたかったことは「出会い」だったのだろうと思う。

「山と山とが出会うことはない。出会いがあるのは人間だけだ」ということわざがアフリカにはあるという（西江雅之『花のある遠景　東アフリカにて』増補新版、青土社）。俳人たちとの出会いを私にもたらしたのは、ほんのささいなひとことや、すれ違いざまの短い会話だったような気がする。人との出会いは、ことばとの出会いであり、ささいなことばは心を悩ますこともあったが、一方で大いなる慰めと励ましも与えてくれた。

私を育ててくれたたくさんの俳人と名句の数々に、心から感謝を捧げたいと思う。

本文の初出は、俳誌「汀《みぎわ》」に「烏兎《うと》怱怱《そうそう》」というタイトルで、二〇一九年一月号から二〇二三年八月号まで連載したものである。単行本化にあたり改題し、加除訂正を行い、再編集した。

〈コーヒーブレイク〉は、連載時に、一人の俳人が終わり次の俳人に移る前、小時の休憩のために書いたもの。そのなかから二編を選び収録した。

最後の章に収めた「およばずながら」は、新たに書き下ろしたもの。俳句の基礎知識からはじまり、俳句への向き合い方や心構えなど、私の俳句編集業務に関する多くは、鈴木豊一さんからの有形無形の教えによるものである。仕事を共にしたひとりとして、満腔の感謝とともに書き残しておきたいと思った。もとより鈴木さんの業績はこれにとどまらず、拙文は断章に過ぎない。しかし昭和の終わりから平成にかけて、こんな俳句編集者がいたのだということだけでも知っていただけたら、嬉しいと思う。

余談だが、鈴木さんがご存命だったら、自身の編集者人生をたとえ晩年のみだとしても他人が書くことは許さなかったと思う。もし本書を読んだら、何と言うだろうか。それを訊《き》くのはおそろしいような、でも何か言ってほしいような、複雑な心境である。

遠い風景からことばを語りかけてくる俳人は、まだたくさんおられる。「汀」誌での連載は今後もゆるやかに続けていくつもりなので、少しずつ書き継いでいきたいと思う。

本文に登場した俳人たちの後日談と、主宰した俳誌の現在について、簡単に記しておきたい。

藤田湘子さんの主宰誌「鷹」は、二代目主宰として小川軽舟《けいしゅう》さんが継承した。いまや日本を代表する大きな俳句結社として知られている。軽舟さんは、第六句集『無辺』（令和四年）で蛇笏賞・小野市詩歌文学賞（俳句部門）を受賞している。

草間時彦さんの句碑は、本文にある東吉野村に加えて、神奈川県大磯町の鴫立庵《しぎたつあん》に〈大磯に一庵のあり西行忌〉、東北のJR陸奥湊《むつみなと》駅前に〈降りかゝる雪に筋子や陸奥湊〉が建立され、三基になった。私は〈降りかゝる〉の句碑のことはまったく知らず、数年前の東北旅行の途次、たまたま降りた陸奥湊駅でこの句碑に直面して、とても驚いた。ちょうど寒い雪の日で、句碑にも雪が降りかかっていたせいか、先生から「筋子で一杯やりませんか」と誘われているような錯覚に陥った。その夜、浅酌しながら先生を偲んだのは言うまでもない。

皆川盤水さんの主宰誌「春耕」は、棚山波朗さん（故人）が継承し、現在は蟇目良雨《ひきめりょうう》さんが三代目主宰として俳句指導にあたっている。今年、棚山波朗さんの遺句集『能登小春』が刊行された。

今井杏太郎さんの主宰誌「魚座」は、「雲」と誌名を変更して鳥居三朗さんが継承した。現在は飯田晴《はれ》さん（故鳥居三朗夫人）が継承している。

飯田龍太さんの主宰誌「雲母」は終刊後、廣瀬直人さんが「白露」と誌名を変更して継承、現在は井上康明さんが「郭公《かっこう》」と変更して師系を受け継いでいる。NHK全国俳句大会では、龍太さんの没後に「飯田龍太賞」（現在は「龍太賞」に改称）が創設され、毎年多くの作品が寄せられている。

林徹さんの主宰誌「雉」は、田島和生さんが継承した。中国地方の有力俳誌として知られ、誌歴も長い。来年（令和六年）には「四十周年記念祝賀会」が開かれる予定である。飯島晴子さんについては、いまでもさまざまなことが思い出される。いずれ機会を改めて、続編を書きたいと思っている。

上田五千石さんの主宰誌「畦」は終刊後、本宮鼎三さんが「かなえ」と誌名を変更して継承した。「かなえ」終刊後、会員はいくつかの俳誌に分散して五千石さんの遺志を継いでいる。なお後継誌のひとつ「ランブル」主宰の上田日差子《ひざし》さんは、五千石さんのご息女である。

石田勝彦さん、綾部仁喜さんと続く俳誌「泉」は、藤本美和子さんが継承した。美和子さんは第三句集『冬泉』（令和二年）で星野立子賞を受賞した。現在『綾部仁喜全句集』の編集作業がすすめられていると伺っている。

田中裕明さんが亡くなったあとは、有志により同人誌「静かな場所」が創刊され、現在も継続して発行が続けられている。また平成二十一年には、詩歌中心の出版社・ふらんす堂により「田中裕明賞」が創設され、若手俳人の登竜門として知られている。ちなみに本書に収めた藤田湘子さんの最晩年の弟子である髙柳克弘さんは、第一回田中裕明賞を受賞している。

こうして記してみると、どの俳誌も先師を偲び、俳句精神を受け継ぎ、顕彰に努めているのが分かる。その努力に、心から敬意を表したい。

本書の単行本化にあたり、連載当初から貴重な誌面をご提供いただいている俳誌「汀」主宰の井上弘美様、同誌歴代編集長の湯口昌彦様、土方公二様、奥村和廣様（故人）、現編集長の市村和湖様に御礼を申しあげます。

本文に登場するお世話になった俳人の方々、引用させていただいた俳句や文章を執筆された方々、ご協力いただいたご遺族の方々、その他ご教示をいただいた方々にも御礼を申しあげます。

刊行にあたりましては、KADOKAWAの伊集院元郁様に格別のご配慮を賜りました。編集をご担当いただいた安田沙絵様には、構成から細部にわたる確認まで献身的なご尽力を賜りました。記して厚く御礼申しあげます。

最後に、文中で紹介したアフリカのことわざに、個人的につけ加えたことばを記して、俳句への礼讃《らいさん》としたいと思う。

「山と山とが出会うことはない。出会いがあるのは人間だけだ。ただし、俳句の世界では、山と山とが出会うこともできる。それが俳句の力である」。

令和五年十月

石井隆司

初出

俳誌「汀」連載（「烏兎怱怱」）
二〇一九年一月号〜二〇二三年八月号

書籍化にあたり再編集し、加筆修正のうえ、書き下ろしを加えました。

およばずながら　俳句《はいく》と俳人《はいじん》と編集者《へんしゅうしゃ》

2023年12月4日　初版発行

著者／石井隆司《いしいたかし》

発行者／山下直久

発行／株式会社KADOKAWA
〒102-8177　東京都千代田区富士見2-13-3
電話 0570-002-301（ナビダイヤル）

印刷所／株式会社KADOKAWA

製本所／株式会社KADOKAWA

●お問い合わせ
https://www.kadokawa.co.jp/（「お問い合わせ」へお進みください）
※内容によっては、お答えできない場合があります。
※サポートは日本国内のみとさせていただきます。
※Japanese text only

定価はカバーに表示してあります。

ISBN 978-4-04-400793-5　C0095

◆◇◇